朝比奈若葉と○《まる》○《まる》な彼氏 2

間 孝史
イラスト 桃餅

そして晴斗は、
決して知られちゃいけない
その言葉を——口に、した。
朝比奈若葉《あさひなわかば》

入《いる》間《ま》晴《はる》斗《と》
「若葉――
全部、聞いたよ」

「——ウソがだめなら、
本当にしちゃえばいいのよ」

シャッターチャンス!
「か、か――きゃっ!?」

「若葉、あぶな――」

朝比奈若葉と○《まる》○《まる》な彼氏2

CONTENTS

朝比奈若葉と○○な彼氏 2

間 孝史

MF文庫J

口絵・本文イラスト●桃餅

前巻のあらすじ

内気で不器用な女の子・朝比奈若葉《あさひなわかば》は、クラスメイトの七瀬郁美《なせいくみ》たちに目をつけられとある「罰ゲーム」を強要されてしまう。それは「学校一の嫌われ者・入間晴斗《いるまはると》にウソの告白をし、付き合うフリをしろ」というもの。ウソをつくという罪悪感、晴斗という嫌われ者の恋人のフリをすることへの抵抗で、ますます憂鬱な気分になる若葉。

ところが、そんな憂鬱な初デートは、思いがけず楽しいものだった。さらに、会話するうちに晴斗の明るさや思いやり溢れる性格を知り、若葉は少しずつ晴斗に心を許していく。

それでも恋人として振る舞うことには抵抗を感じていた若葉だったが、二回目のデートでのとある事件をきっかけに、段々と晴斗のことが気になるように。さらにクラスでの晴斗の意外な人気ぶりなど、晴斗の新たな一面を知っていくなかで、いつの間にか彼女の思いは本物に変わっていく。憂鬱だった学校生活も、気づけば待ち遠しいものになっていた。

そんな幸せな日々の中で『ゲーム』のことを忘れ始めていた若葉。しかし、いつものように晴斗とお弁当を食べようとした若葉のもとに、晴斗の親友・備前亮一《びぜんりょういち》が訪れて——！

「教えてくれよ、お前らのやっているゲームについて」

自分がついていたウソを突きつけられた若葉は、強い後悔に襲われる——。

「い、一体なんなのよ、アイツは！」

――日の当たらない校舎裏に、少女の金切り声が木霊する。

声の主――七瀬郁美《ななせいくみ》が憤ったように、壁を蹴りつける。相当に頭に血が上っているようだ。朝比奈若葉《あさひなわかば》の態度が、よっぽど気に障《さわ》ったのだろうか。

無理もない、と東海林莉愛《しょうじりあ》は思う。それほどに、若葉の様子は常軌を逸していたのだ。学園一の嫌われ者、入間晴斗《いるまはると》。目に入るのもうざったい、あのブタ男をどうにかしてやり込めてしまいたい。そんな『義憤』から始まった一連のゲーム。

そのプレイヤーに選んだのは、大人しく、ろくに自分の意見も言えない少女・朝比奈若葉。悔しいが、その容姿だけ見れば、美少女と言って差し支えない。そんな彼女に告白されれば、大抵の男は断るはずはないだろう。女に縁も耐性もゼロのゼロであろう入間晴斗なら、なおさらだ。

そう考えた東海林の作戦は大当たり。晴斗は自分が女の子に告白されたのだと、涙まで流して無邪気に喜んでいた。まったく、あの時は笑いをこらえるのが大変だった。

――そう、途中まで『ゲーム』は上手《うま》く進行していたのだ。

※　※　※

晴斗は初めて出来たであろう彼女に夢中なようだったし、若葉もそのお綺麗《きれい》な顔を歪《ゆが》めて、恥辱に体を震わせていた。それらの様子をLINEの裏グループ内で共有し、皆で笑い者にするのは、何よりの『退屈しのぎ』であったのだ。

あとは、タイミングを見計らってネタばらしをするだけ。その時、あのお饅頭《まんじゆう》男はどんな顔をするだろう？　絶好の一枚がゲットできたら、その画像をSNSに晒《さら》してやろう。その時を東海林達《たち》は楽しみに待っていたのだが……

ここのところの若葉は、どうにも様子が変だ。『ゲーム』を押し付けられて怯《おび》えていたはずが、今ではどうだ。嫌がるどころか、逆に幸せそうに微笑《ほほえ》んでいるではないか！

あれでは、まるで。本当に恋する乙女のような——

「……別人のようでしたね。人が変わった、なんてレベルじゃないですよ、あれ」

「私は、アイツにあんなデカイ顔をさせるために、ゲームを提案したんじゃないわ！」

「まさか、あいつ。本気になったんじゃ？」

取巻未依《とりまきみい》が、おぞましそうに肌をさすっている。

「そ、それこそまさか！　いかにあの女でも、それはあり得ないでしょーが！　いくら、人の心は計り知れないとはいえ、あいつを好きになる女性がいるなんて！　到底信じられませんよ！」

「なら、どういう事なの？　やっぱり、私達を舐《な》めてるってわけ？　そう、ならそれでもいいわ。思い知らせてやればいいだけだからね」

息を荒げていた七瀬《ななせ》が、不敵な笑みを零《こぼ》す。ああ、と東海林《しょうじ》は理解した。

やっと、その時が来たのだ。ゲームをクリアする、その時が。

「では、遂《つい》に、というわけですねぇ？　ひひっ」

「ええ、そうよ。あの白豚に、身の程ってモンを知らせる時が来たってわけ。近々、このゲームを終わらせるよ」

ああ、それは楽しみだ。待ちに待った甲斐《かい》がある。東海林は、そっとほくそ笑んだ。

「そうですねぇ、決行はクリスマスイヴなんてどうですぅ？　丁度、終業式ですし。生徒達《たち》が集まっている所で、あの女にヤラセを告白させましょう！」

――もちろん、すべて朝比奈若葉《あさひなわかば》が発案して行った、ということにして、だ。

「相変わらず、こういうのを企《たくら》むときのアンタって、輝いてるわねえ」

取巻《とりまき》の呆《あき》れたような声も、気にならない。だって、楽しいもの！

自分が考えたシナリオ通りに他人が動くのが、嬉《うれ》しくて楽しくて仕方ない。

ほら見なさい。私は上手《うま》くやってる。こんな、程度の低い生徒たちしかいないような高校でも、『自分らしく』充実した楽しい学園生活を送れているんだ。

そうだ、私は頭がいい。本命の学校に落ちたのだって、何かの間違いだったんだ。もう一度機会があったなら、今度は失敗なんてしない。絶対に――

『いい加減、拗《す》ねるのをやめろ。お前、見てて痛々しいぞ』

ギュッ、と。東海林は唇を噛《か》みしめる。

何で、いま。あの男の言葉を思い出してしまったのだろう。

痛い目を見てからじゃ遅い、と。したり顔で説教してきた幼馴染《おさななじみ》の姿が頭を過《よ》ぎる。

――うるさい、うるさい。貴方《あなた》に、私の何がわかるというのか。

あの乳酸菌マニアの情報中毒者に、偉そうなことを言われたくなかった。

「最高の賛辞として受け取っておきますヨ。さ、いかがでしょうか、七瀬さん？」

「悪くないわね。莉愛《りあ》、脚本はアンタに任せるから、最高の奴《やつ》を一本頼むわよ」

お任せあれ。東海林は優雅に一礼する。

「聖夜に相応《ふさわ》しい、心がときめくような一品を。見事書き上げてご覧にいれますとも。く、くひゅひゅひゅ……あーっはっはっは！」

高らかに笑い声を上げると、東海林は踵《きびす》を返す。

「では、私は先に戻りますね。ああ、アイデアが溢《あふ》れて止まらない！　早く、早く書き留めておかないと！」

逸《はや》る心を抑えようともせず、すたこらさっさと駆けだした。

「……まあ、頼もしいには違いないんだけどね。あの性癖だけはどうにかならないものかしら」

そんな声が後ろから聞こえてくるが、気にもならない。

だって、これが、東海林莉愛《しょうじりあ》という人間なのだ。

（さあ、どんな悪夢をデコレーションしてやりましょうかねえ。あのブタ野郎の無様な顔を想像するだけで、胸がときめきます！　そして、これが上手《うま》くいけば、入間晴斗《いるまはると》の親友である、あの男にも一泡吹かせられますからねえ）

波川瞬《なみかわしゅん》。東海林の目の上のたんこぶである男だ。あの男がいるせいで、自分は何時《いつ》まで経《た》っても学年一位の座に就く事ができない。

どれだけ勉強しても、追いつけない。どれほど努力しても、あっさり追い越される。

我慢、ならなかった。本当は、自分はこんな偏差値の学校に燻《くすぶ》っているような人間じゃないのに。なのに、いつだって成績は二位。一番に、なれない。

（これで今度こそ、あの男に勝てる。そうして、証明してあげます。私の考え方の方が正しいって――）

「あいたッ!?」

不意に、誰かが目の前に立ち塞がった。勢いの付いた体は止まらず、その何者かに撥《は》ね飛《と》ばされ、尻もちをついてしまった。

「ちょっと！　何処《どこ》を見て歩いて――」

そこから先の文句を、叫ぶことが出来なかった。

東海林は、気付いてしまったのだ。眼前に立つ男が、誰なのか。

自分を見下ろす男の、冷えきった眼差《まなざ》しを。

「ヒッ!?　あ、あなた、は――！」

「何か、楽しそうな話を、してたなあ？」

――ゆっくりと。重く低く、響く声。そこには、まるで抑揚というものがない。

「なあ、あんた。俺に、教えてもらえるかい？」

後ずさって、逃げようとするが、眼前の男が東海林の襟元を掴《つか》んで引き起こす方が早かった。その手からのがれようと必死でもがき、手足を動かすが、彼の目が異様にギラついていることに気付き、少女の全身が強張《こわば》った。

――なんで、どうして！『コイツ』が、ここにいるの!?

東海林の焦《あせ》りを感じ取ったのか、特徴的な長髪をなびかせながら、男が不敵に笑う。

「さあ、話してもらおうか？　七瀬《ななせ》とかいうやつと話していた――」

「ひ、ひい……っ！」

「――『ゲーム』ってなんだ？」

第六話 朝比奈若葉と――

一

きいん、と。甲高い音を立てながら、耳鳴りがする。

頭がぼうっとして、ふらふらしてしまう。

まるで、立ちくらみでも起こしたみたい。すうっと意識が遠くなってゆく。

手が、指が。動かない。足なんて、地面にひっついちゃったみたいに強張《こわば》って、私を廊下に縛り付けている。

『彼』が、『その言葉』を告げた瞬間、私の体は石みたいに固くなってしまった。

……耳鳴りに混じって、どっかから変な音が聞こえてくる。

はっ、はっ、はっ、なんて。まるで、犬みたいな荒い息。遥《はるか》ちゃんのお友達、レンちゃんを思い出す。

うるさい、だまって。今、それどころじゃないのよ。

不思議なことに、そう念じれば念じるほど、その息はますます荒く、はげしくなってゆく。それどころか、どくどくどく、と。体のどこかから、太鼓をたたくような音まで聞こえて来た。

喉の奥がカラカラに乾いてゆく。くるしい。息が、くるしい。

——今、なんて？　今、彼はなんて言ったの？

目の前にいるのは、備前亮一《びぜんりょういち》くん。私の大好きな彼氏、入間晴斗《いるまはると》の親友だ。

ぶっきらぼうだけど友達には優しくて、私と晴斗の仲をそれとなく応援してくれていた、はず。それなのに——

「だんまりかよ。俺の言うことが聞こえてねーのか？　なら、何度だって聞くぞ。お前が白状するまで、何度だってな」

備前くんの目が、猛獣みたいにギラリと輝いた。あの瞳の色を、私は知っている。

二回目のデートになる筈《はず》だった、あの日。晴斗を馬鹿にする野次馬《やじうま》たちを蹴散らした時の、あれだ。睨《にら》むだけで人を刺し殺してしまいそうな、恐ろしい目つき。

それが、今。ぴたりと、私に向けられていた。

「なあ、朝比奈《あさひな》。大したことじゃねえんだ。ああ、そうだ。お前はクイズが好きなんだろ？　あれに答えるみてぇに、パパっと喋《しゃべ》ってくれりゃ、それでいい。俺はな、ただ。お前らのやってる——」

「あ、え……？　え……？」

「――『ゲーム』について、知りたいだけだ」

その言葉を聞いた瞬間、全身の血が凍り付いたように感じた。

ヤメテ。イヤダ。
ソノコトバヲ――イワナイデ！

「なん、で……どうして、それ、なんで……」

「お？　やっぱり、心当たりがあるんだな。じゃあ、話は早い。俺様は先に行って屋上で待ってっからよ――」

備前《びぜん》くんが、私の肩にぽん、と手を乗せた。

友達同士がふれあうような、何気ないしぐさ。けれど、私は心の底から震えあがってしまった。何故《なぜ》なら、彼の顔には……今まで見たこともない、恐ろしい笑みが浮かんでいたから。

「――逃げるんじゃ、ねえぞ？」

私が言葉もなく頷《うなず》くのを見て、備前くんはその場を立ち去った。

彼の姿が見えなくなった瞬間。膝が、がくんと折れる。

冷たい床にへたり込むと、私は自分の体を抱きしめた。

今は昼休み。人の往来はそれなりにある。みな、怪訝《けげん》そうな目でこちらを見ながら、廊下を通り過ぎていく。中には、保健室に行くか、と心配して声をかけてくれる人もいたみたいだけど……私が何も言わないのを見て、関わり合いたくないと思ったか、そそくさと、その場を立ち去ってしまった。

けど、そんなのどうだっていい。そんなことを気にしている余裕なんてない！

歯の根が合わず、ガチガチと音を鳴らして震え、呻《うめ》き声さえ出てこなかった。

先ほどの備前くんの言葉が、ぐるぐると、ぐるぐると。頭の中を駆けめぐっていく。

気持ち悪い。吐き気がする。なんで、どうして——


——どうして、私はこんなに大事なことを、忘れていたの？


ぜんぶ、思い出した。どうして、私が晴斗《はると》と付き合い始めたのか。なんで、彼に告白なんかをしてしまったのかを。

ううん、ちがう。本当はわかってた。見てみないふりをしていただけ。

私は心のどこかで、自分が大きなウソをついていると、理解していたんだ。

でも、そんなの嘘《うそ》だと思い込みたかった。

そんな「真実」はなかったのだと、自分に言い聞かせようとしていた。

だって、あの日々は本当に幸せだったから。

絶対に、どんなことをしてでも失いたくないと、心の底から思っていたから——！

目の前が、暗くなる。幸せな日々が、未来が。がらがらと崩れていく音が、確かに聞こえた。

バカみたい。ほんとうに、バカみたい。私はなんで、こんなに浮かれてたの。

本当の彼女みたいに晴斗《はると》にひっついて、無邪気によろこぶ彼を振り回して。

なんで、あんなに楽しそうに笑っていたのよ！

私はずっと、ずっと——

——ダイスキナ　カレ　ヲ　ダマシテ　イタノニ！

二

一歩、一歩……階段を上がってゆく。一つ段を踏み締めるたびに、心臓がぎゅっと竦《すく》み上がるのがわかる。

行きたくない。けれど、行かなくちゃいけない。

どうして、こうなってしまったんだろう。

わかってる、悪いのは私。全部、私が悪いの。

けれど今更、どれだけ後悔しても足りるわけがない。

──だって、もうぜんぶ。手遅れなんだから。

折れそうになる心を叱りつけ、ただひたすらに上へ、上へと足を進める。

やがて、終点が見えてきた。ダウンライトに照らされた真っ白なドアが、階段の上にそびえ立っている。

ぶるり、と体が震える。私にはそれが、死刑場への門のように見えた。

もうだめだ、逃げられない。

私はきっとここで……自分のついた、ウソの報いを受ける。

倒れ込むようにしてドアノブにしがみつくと、ゆっくりとそれを回す。

──がちゃり。

扉を開けたとたん、冷たい風が吹きすさび、私の体をなぶっていく。

この屋上は、校内で最も寒さがきつい場所だ。だから、たとえ昼休みであっても、今の季節にこんなところに来る生徒なんていいるわけない。その予想を裏付けるように、周囲に人の影は、まったく見当たらなかった。

──ただ、一人を除いては。

「備前《びぜん》、くん」

彼は、こちらに背を向けるようにして、屋上の端っこに立っていた。

侵入防止の柵にもたれかかるようにして頬杖《ほおづえ》をつき、頭をゆらゆらと揺らしている。

まるで、どこか遠くを眺めているような――

どうしよう……声が、かけづらい。なんて言えばいいんだろう。

けど、どうやらそれは余計な心配だったみたいだ。

私が口を開くより先に、備前くんが反応を示す。長髪を風になびかせながら、ゆっくりと、こちらを振り返った。

「来たか」

――こわい。

その声を聞いただけで、立っていられなくなるほどの恐怖が、私を襲う。

備前くんが、これから私に何をしようとしているのか、わからないから。もちろん、それもある。でも、それだけじゃない。

一番こわいのは、真実を話すことなんかじゃない。

もしかして、バレてしまったんじゃないかと、そう思ってしまったから。

このウソのはじまりが、ニセモノの恋人関係が。

『彼』に――晴斗《はると》に、バレてしまったんじゃないかって！

そう考えただけで、こわくて、こわくて……たまらなかった。

「寒い所に呼んじまって悪かったな。ここなら邪魔は入らねえから安心してくれや」

「あの、その……」

何て言えばいいんだろう。ここに来る前に、少しは考えてきたはずなのに。

喋《しゃべ》ろうとする口は、凍り付いたように動かない。

「昼休みも、そんなに長いもんじゃねえからな。単刀直入に聞かせてもらうぜ？　俺が知りたいのは、たった一つ。そう、お前らのクラスで行っているらしい……『ゲーム』とやらについてだ」

感情のこもっていない、淡々とした口調。それが、逆に恐ろしい。

「アイツをターゲットに嘘《うそ》の告白を仕込み、後で暴露してアイツのプライドをずたずたにする……その『ゲーム』は本当にあるんだな？」

ど、どこで、その事を知ったの？　なんで、そこまでくわしく……

けど、今の私には、それを問いただす余裕さえ残されていない。

「あ、あう……」

これ以上、ウソでごまかすことなんて、無理だ。

ロボットのようにぎこちなく、首を縦に振ることしかできなかった。

「……そうか。じゃあ、肝心の質問だ。違ってたら、土下座して詫《わ》びっから許してくれや」

そう言うと、彼は大きく息を吸い込み――

「アンタは、その『ゲーム』に参加しているのか？」

――そう、言い放った。私の最も恐れている、その言葉を。

「っ」

違うと、言ってしまいたかった。けれど、私は……思い出して、しまったから。

彼を、晴斗《はると》を。大好きなあの人を、騙《だま》し続けていた、という事実を。

だから、私は――私はっ！

「は……い」

後戻りすることができない、その答えを――告げて、しまった。

「なんて、こった……」

備前《びぜん》くんは、大きく目を開き、頭をぐしゃぐしゃとかき乱した。

「答えろよ。何で、そんな事をしやがった！」

もう、何も隠す意味なんて、ない。

声を震わせ、何度もつっかえそうになりながら、私は全てを打ち明けた。

入学して以来、クラスメイト達《たち》のイジメの標的になっていたこと。

クラスメイトのコンパクトを壊してしまい、罰ゲームを受けざるを得なかったこと。

――そのために皆を……『彼』を騙《だま》した事、を。

備前《びぜん》くんは、黙ったまま私の話を聞いていた。顔をゆがめ、低く呻《うめ》きながら。けれど、決して口を挟んだりせずに。

そして、私が全てを話し終えると、彼は重苦しいため息を吐《つ》いた。

「なるほど、なあ。それで、アンタは晴斗《はると》と付き合い出したわけか」

「はい……」

しばらく、彼はそのまま固まっているように見えた。

しかし、その手がやがて小刻みに揺れ始め――

「……ふざけるなよ」

彼の顔が、鬼のような形相へと変化してゆく。

「てめえらのくだらねえ『ゲーム』なんぞに、あいつを巻き込むんじゃねえ！」

備前くんの言う通りだ。

……返す言葉もない。私は、ただただ黙ってうつむくことしかできなかった。

お互いに無言のまま、時間だけが過ぎてゆく。

どれだけ、そうしていたんだろう？　やがて、備前くんがもう一度ため息を吐いた。

先ほどとは違う、脱力したような呼吸。その表情からも、怒りの色は消えているように見えた。

「怒鳴って悪かったな。アンタの事情はよくわかったよ」

——あ。

まるで、予想外。思ってもみなかった言葉が、彼の口からこぼれた。

でも、備前くんは決して私を許したわけじゃない。そんなことは、わかってる。

私への怒りは決して収まっていない。ただ呑《の》み込んだだけだ。それは、彼の口から滲《にじ》み出《で》る、その苦渋に満ちた声色を聞けば、よくわかる。

「東海林《しょうじ》とかいう変な女からよ、『ゲーム』の内容については聞き出せた。ちょいと脅かしたらすぐだったぜ」

え、東海林さん!?　彼女と、会ったの!?

「最初はまさか、と思ったさ。口から出まかせを言ってるだけじゃねえかと、疑った。伊達《だ》の奴《やつ》から妙な噂《うわさ》があると聞いていなきゃ、とても信じられなかったろうぜ」

「うわ、さ?　伊達くんから?」

「あの兄弟——特に兄の方は学年問わず、校内中に人脈というか、なんというか、変なネットワークをもってっからな。あいつら、それで色んな話を耳にするんだとよ」

私も、それは知ってる。伊達くん達《たち》は、それこそ四六時中タブレットやパソコンを持ち歩き、ネットやら何やらで情報を収集するのに余念がない。複数のSNSのアカウントも持っているし、専用のグラフやファイルまで作っているのだとか。そのこと自体は、晴斗《はると》からも聞いたことがあったし、実際に目にしたこともあった。

「それは、お前のクラスで、ある一人の生徒を対象とした『ゲーム』をしている、という噂《うわさ》だ。聞けば、学園一の嫌われ者を標的にして、笑い者にする計画だ、と」

ああ、そっか。そういうことか。言われてみれば、なんてことはなかった。

狭い学校の中。しかも、私のクラスの女の子たちは、お喋《しゃべ》りがとにかく大好き。所構わず、いつも口を開けば、本当かウソかもわからないような話で盛り上がってる。

だったら、当然。どこかでウワサは漏れるし、広がってゆく。そんなの、自他ともに情報通を称する伊達《だて》くん達《たち》の耳に入らないはずがない。

どうして、こんな簡単なことに気が付かなかったんだろう。

「そもそものきっかけは、伊達が九条《くじょう》のやつから相談を受けたことだ。ほれ、九条かなみ。知ってるだろ？」

もちろん、知らないはずがない。私と仲良くしてくれる一組の生徒の一人。どこか大人びた喋り方をする、ポニーテールがトレードマークの女の子だ。

「あいつのダチがお前のクラスにいるらしくてな。ここんところ、『あいつの様子が変だ』『何か知らないか』って、伊達達に聞いていたそうだ。なんでも、あの兄弟の幼馴染《おさななじみ》も九条の友人とやらと同じクラスのようでな。そっちも変な行動が目立つようになったと、伊達も心配してたんだとよ。それで、色々と考えているうちに、その噂――『ゲーム』のことを思い出した、らしい」

「そう、ですか……」

伊達くんの幼馴染。そんな人が、うちのクラスにいたんだ。

それが誰だかはわからないけど、妙な所で縁、と言うか繋《つな》がりがあったのね。

ぼんやりと、他人事《ひとごと》みたいにそう思ってしまう。

「俺もそれを聞いた時は、まさかお前が関わってるとは思わなかったさ。でもな、さっきの休み時間。部室に用事があって校舎裏を横切った時……七瀬《ななせ》、だったか。あの女どもの声が、聞こえた」

俺も耳は良い方でね、と。つまらなさそうに備前《びぜん》くんが自分のそれを叩《たた》く。

「あいつ等《ら》の会話はあらかた聞き取れたぜ。そこで、俺は一人離れた東海林《しょうじ》とかいう女を締め上げ、ゲームの詳細について吐かせたってわけだ」

……なるほど、そういうわけだったんだ。

でも、こんな話を漏らすだなんて、慎重な彼女達らしくない。誰が聞いているともわからない場所で、そんな話をするなんて。何か、理由でもあったのかな。

「あいつは、アンタが主導で計画を練ったと言った。その証拠に、『あの』晴斗とあんなにも楽しそうに付き合っていた、とな」

「違います！　それは、それだけは――」

「まあ、俺も知らねえ女の言う言葉なんざ眉唾もんだったがな。そうと考えれば、アンタの行動も辻褄《つじつま》が合うんじゃねえかと思ったわけだ。女子人気がワースト近かったあいつに、アンタみたいに見てくれのイイ女がいきなり告白するなんて、いくらなんでも不自然すぎる。よくよく思い出せば、あの時の四組の様子もどことなくおかしかったしな」

喋《しゃべ》っているうちに、あの時の告白劇を思い出したんだろう。だんだんと、備前《びぜん》くんの口調が荒く、強く。怒気を深めていく……。

「チッ！　あの場にいたのが瞬《しゅん》だったら、もっと早く気が付いただろうによ！」

腹の虫が収まらない、というように、備前くんが鉄柵を蹴り飛ばす。

鈍い音が響き、私は体を竦《すく》ませてしまった。

彼の言葉の一つ一つが、胸に突き刺さってゆく。まるで、針のむしろに座らされているみたいに――ううん、実際にそうなんだろうと思う。散り散りに千切れそうな心を、叫び出しそうな自分をおさえつつ、私はただじっと、震えながら耐える他なかった。

「……まあ、多分。アンタの言っていることの方が本当なんだろうよ。それくらいは、いくら俺でもわかるつもりだ。これまでのアンタの様子は俺に――晴斗《はると》と出会った頃の俺に、よく似ていたからな」

「え……？」

どういう意味だろう？　信じてくれた嬉《うれ》しさよりも、戸惑いの方が大きい。

それに、だ。たとえ彼が、私の言葉を信じてくれたとしても――

「だが、そうだとしても、あいつを騙《だま》していた事に変わりはねえがな！」

そう。私が晴斗を、大好きなあの人を騙していた事実は消えない。

――消えて、くれないんだ。

明るくて、優しくて。どんなわがままだって、笑って聞いてくれた男の子。

そんな晴斗が、もしも。もしも、このことを備前くんから聞いていたら？

……考えるのも恐ろしい。想像する事さえ出来ない。

「あ、あの！　このことは、彼には――」

それが、あまりにもこわくて……私はつい、それを口にしてしまった。

卑怯《ひきょう》極まりない、その言葉を。

「言えるわけがねえだろうが！」

「ひっ！」

「あいつはな、本当にアンタの事が好きだったんだぞ！」

怒りに目を吊《つ》り上《あ》げ、歯を剥《む》きだしながら備前くんが叫ぶ。

「デートが終わるたび、昼メシを喰《く》い終わるたびに、あいつはアンタがどれだけ素晴らしくて優しい女か、うざったいくらいに喋りまくっていやがった！　どんな内容だか知らねえが、自分の夢が叶《かな》うかもしれないってな！　晴斗《はると》がそんな風にはしゃいで、喜んでいたのを――アンタは、知ってんのかよ！」

『平平凡凡な夢だけど、マザコンだって言われるのが恥ずかしくて、まだ誰にも話したことが無かったんだ……！』

「あ、ああ、あ……！」

夕焼けを背にして、照れ臭そうに笑っていた晴斗の顔が、脳裏に浮かぶ。

「……すまんな。俺も今、とてもじゃねえが冷静でいられねえんだ。アンタだって、被害者なのにな」

「いいえ、いいえ……！」

ちがう、私は加害者だ。晴斗の素晴らしい夢を聞いてなお、彼を騙《だま》し続けた私こそが、おぞましい邪悪そのもの。七瀬《ななせ》さん達《たち》がどうの、なんて。なんの言い訳にもならない。

「何にせよ、事実とわかった以上、このクソッタレた『ゲーム』とやらは終わりだ。終わらせて、やる」

その言葉には、あまりにもゾッとする程の冷たさが含まれていた。

「い、一体何を……？」

「……何を？　そんなの、決まってるだろ？」

備前《びぜん》くんが笑う。憤怒に歪《ゆが》み切ったその顔で、笑う。

「アイツを、そんな目に遭わせようとした連中に、地獄を見せてやるのさ！　よりにもよって、最悪なウソを考えやがって……！」

「——ひっ！」

彼は、本気だ。晴斗のためなら、どんな残酷な方法でもためらいなく、実行する！

その結果、待っているのは——

「まあ、唯《ゆい》は泣くかもしんねえし、学校は退学《クビ》になるだろうが、構いやしねえ。サッカー部の連中に迷惑を掛ける事だけが心苦しいが、その前に退部届は出すし、まだ一年なのが幸いだ。俺の代わりなんざ、すぐに見つかるだろ」

備前くんが、屋上の柵に手を掛けた。その眼差《まなざ》しは、先ほど私が屋上を訪れた時に感じたものと同じ。そう、どこか遠くを見ているような——

「多分、アイツへの最後の罪滅ぼしをする時が来たんだろうさ。親父《おやじ》やジジイ、クソ叔父貴のせいで、アイツ等《ら》家族の運命がどれだけ狂ったか。これが終わったら、俺は実家に帰って稼業を継ぐ。本人が望むなら美冬《みふゆ》——アイツの妹も手放す。親族共も二度とアイツ等の元に近付けねぇし、近づかせない。元々、俺みたいなのはアイツや瞬《しゅん》の傍《そば》にいられるような人間じゃねえ。良い、機会だったんだよ」

ぎしり、と音を立てて。鉄の柵が震えた。

「ほんの少しだが、学園生活って奴《やつ》を楽しめた。それで、十分だ」

「だ、駄目です！　そんなことをしたら……！」

直感が、警鐘を鳴らす。それはダメだ。彼に、その選択をさせちゃいけない！

「ん？　ああ、安心しろ。これ以上、アンタに俺は何もしないし、何を言うつもりもねえよ。アンタは、これまで通り、あいつと接してればいい」

「そういう事じゃ——って、え？」

「簡単だろ？　さっきまでのアンタみたいに、浮かれたバカップルを装って、アイツに話しかけてやればそれでいいんだ。俺は、特に何も咎《とが》めたりしねえよ」

え、え？　何、それはどういうこと？

「ただし……アンタがその嘘《うそ》を吐《つ》きとおしたまま、あいつと今まで通り付き合えるのなら、な」

「——！」

そんなの、そんなの……無理よ！　絶対に、無理！

彼に対する罪悪感と自分に対する憎しみで、私はもう、晴斗《はると》の前で笑うことなんて、できない！

そんな私を、晴斗は心配するだろう。でも、その理由は決して話せない。だから、彼にウソをつき、さらに、さらに騙《だま》し続けていくことになる。

これは、許しじゃない。これは……罰だ。私への、一番効果的な——

その事実に怯《おび》える私を見て、自分の試みが成功したのを確信したんだろう。備前《びぜん》くんは肩を竦《すく》めると、ほらな、と言って笑った。

「少し俺が突っついたくらいで、そんなに動揺しちまうんだ。無理だろ？　そうだ、無理に決まってる」

「あ、あう、う」

「なら、俺達《たち》に、あいつに……もう、近づくな。それが、アンタの為《ため》だ。ああ、勿論《もちろん》『ゲーム』が終わるまでは、出来る限り晴斗と一緒に居てもらうがな。それが、俺からの『罰ゲーム』だ」

そんなに時間は取らせない。少しの辛抱だと、備前くんはそう言った。

もう、とても口を挟めるような状況じゃない。

……私は、また間違えたんだ。あのウソの告白の時と同じ。何にも変わってないじゃない。ああすれば良かった、こうしておけば大丈夫だったのに、と。

いつも私は、手遅れになってからそう気付く。

いつだって、晴斗と、彼に関係する人たちに迷惑をかけることしかできない。

「俺からの話は以上だ。言っとくが、俺を止めようなんて思うんじゃねえぞ。別に殺したり、病院送りにするような事はしねえよ。まあ、アイツ等《ら》もこの学校に居られなくするつもりだが、な」

備前《びぜん》くんが柵から手を離し、こちらに向かって歩いてくる。

「もし、誰かに話したりしてみろ。その時は、アンタにも容赦はしないし、晴斗《はると》にも二度と会わせない。言っとくが、俺は嘘《うそ》が嫌いでね」

あっけらかんと。もうすでに決まりきった予定を告げるように。備前くんが笑みを深めた。その言葉は、きっと脅しなんかじゃない。

――彼は、誰なんだろう。まるで別人だ。

今まで、教室で晴斗と一緒にはしゃいでいた、あの備前くんと同じ人間とは、とても思えなかった。

それほどに、晴斗のことが。友達のことが、大切なのかな。

うん、きっとそう。そうに決まってるじゃない。……私とは、大違いなんだ。

「じゃあ、俺はもう行くが、忘れるなよ？　アンタは――これだけの事をしでかした、その罪の一端を背負ったんだからな」

その言葉を残して、備前くんが屋上から立ち去る。それを止める言葉なんて、今の私の口から出て来るはずもなくて。ただ、その背中を見送ることしかできなかった。

「あ……」

何てことを、私は何てことをしてしまったのだろう！

晴斗を騙《だま》し、その夢を奪っただけでも大概なのに。

このままじゃ、備前くんも……晴斗の大切な友達も、彼の前からいなくなってしまう！

ああ、でも、話せない！　誰にも事実を打ち明けられない……！

話してしまったら最後。備前くんはきっと私を許さないだろう。

私はいい。どんな日にあっても、構わない。それだけの罪を犯してしまったのだから。

でも、それによって晒《さら》される事実は……晴斗を、さらに傷付けちゃう。

「……ちがう」

そうだ。私はしょせん、自分が可愛《かわい》いのだ。誰かを傷付けること、じゃなくて、私が傷付くことがこわいんだ。

だって、今もほら。晴斗に嫌われたくないと、心の底から思ってる。

あの笑顔が、私に二度と向けられないんだと想像しただけでもう、ダメ。叫びたくてたまらない。晴斗と、一緒にいられるなら。そのためなら、私は、私は――

「あは、あはははは！　なんて、醜い女なの！」

お日様のような彼とは違う、ジメジメとした雨雲みたいな私！

あはははは、あはは、あはははは――

「――あはは、はは……もう、駄目、なんだ。もう全部、おしまいなんだ……」

決して認めたくないその事実を、私は受け入れなくちゃいけなかった。

せめて、彼によく思われたまま……終わりたかった、から。

「ごめんなさい、晴斗《はると》、ごべんな、ざい……！　こ、こんな風になるなんて、私、私！　思って、なかったの……！」

誰もいない、灰色の壁に向かい、ただひたすらに謝り続ける。

本人にする事は許されない、自分勝手な謝罪。

それでも、その言葉を止める事は、出来そうもなかった。

そうして、涙と嗚咽《おえつ》で掠《かす》れ切った声でしゃくりあげると、私はドアに向かって手を伸ばした。いつまでも、ここにいるわけにはいかない。

「ごめんなさい、晴斗ぉ……」

そして、最後にその言葉を口にして。私は、屋上を後にした。

自分の夢が、幸せが。確かに終わったその音を、聞きながら。


「……うそ、だ」

少年は、茫然《ぼうぜん》としたように、そう呟《つぶや》いていた。

今しがた、屋上で交わされた言葉が、それを肯定した『彼女』が、その光景が。

とても、信じられなくて。

『私は、入学してからこれまで、ずっとクラスで虐《いじ》められていて』

ちょっとした、好奇心だったのだ。屋上に向かう友人の姿を見て、この寒いのにどうしたのかと。そう思って隠れて見ていた。それ、だけだったのに。

『コンパクトを壊した罰として、「ゲーム」を受けろと言われました』

間もなく、彼女が。朝比奈若葉《あさひなわかば》が、姿を現して。それで、それで——

『学校一の嫌われ者である、入間《いるま》晴斗くんと、付き合え——と』

「そんなの——嘘《うそ》だッ！」

目から零《こぼ》れ落ちる涙を拭おうともせず。

少年——入間晴斗は、崩れ落ちるようにして、両足を床の上に投げ出した。

二

……頭が重い。目の前がちかちかする。指先がしびれたみたいにプルプルして、手すりを掴《つか》むのさえ一苦労だ。ちょっとでも気を抜いたら、転げ落ちてしまいそう。

だというのに、体はやけに軽くて、ふらふらする。いま、私はちゃんと足を動かせてるのかな。何だか、夢の中を歩いているみたい。

呆然《ぼうぜん》としたまま、階段を下りてゆく。足元もおぼつかなくて、手すりを掴《つか》んでいなければ、そのまま転げ落ちてしまいそうだった。

頭の中で、先ほどの備前《びぜん》くんの言葉が延々と繰り返されていく。

そうだ、私は、晴斗《はると》を騙《だま》していた……あの優しい人の気持ちを、裏切っていたんだ。

備前くんはゲームが終わるまで、晴斗と一緒に過ごせと言っていたけれど、果たして今の私に、それが出来るのか、どうか。ああ、まるで自信がない。

そんな事を考えながら、歩いていると……

「なーんか最近、元気ないなあ。ほれ、私に言ってみ、言ってみ？」

「え、ええと……な、何でもないの」

聞き覚えのある声が二つ。階下から聞こえてきた。

心臓が、跳ね上がる。ぼんやりした頭に、酸素が回ってきたみたい。手足が、とたんにしゃっきりし始めてきた。

そっと、下をのぞき込んで見ると、そこには女生徒が二人、何やら向かい合って話し込んでいた。

——あそこにいるのは、九条《くじょう》かなみさんと……うちのクラスの矢島《やじま》、瑠璃《るり》さん？

「うーん、そうかね？　最近、なんだかアンタの様子がおかしいような気がしてさ」

九条さんは、トレードマークのポニーテールを左右に振りながら、納得ができない、というように首をひねっている。

「か、かなみちゃんは心配性過ぎるの！　私はほら、元気、元気！」

矢島さんが腕をぶんぶんと振ってアピールしてるけど、それってどう見ても強がりだよね。無理をしていることくらい、すぐわかる。一体、どうしたんだろう。

「ま、アンタがそういうならいっか！　じゃあさ、じゃあさ！　今度の休みに、一緒に遠出しようぜい。お父さんにさ、デジカメ買ってもらったんだ！　ちょー高画質の奴《やつ》！　それであちこち、バシバシ撮りまくろう！」

九条さんって、あんなにはっちゃけた子だったっけ。

晴斗の教室で見かけた時よりも、テンションが高い気がする。対する矢島さんの口調も聞いた事がない位にくだけているし、気安い感じ。昔からの友達とか、そういうの、かな？

「う、うん！　そうだね——って。あれ？」

いけない。身を乗り出し過ぎたみたい。矢島さんと目が合ってしまった。

「ど、どうも……」

仕方なく、二人の前に姿を現す。

するとこちらを見た九条《くじょう》さんが、驚いたように手を振った。

「あれ、朝比奈《あさひな》じゃん！　こんな所でどうしたのさ」

「か、かなみちゃん!?　あ、朝比奈さんと知り合いなの？」

矢島《やじま》さんが、焦《あせ》ったような声を出す。

「うん、入間《いるま》の彼女だよ？　昼休みのたんびに会うから、今じゃすっかり顔馴染《かおなじ》みさ！　瑠璃《るり》はアイツの話が好きじゃないっしょ？　だから言わなかったんだけどね」

親指をグッと立てながら、九条さんが軽快に笑った。

――入間の彼女。いつもなら嬉《うれ》しいはずのその言葉が、胸をチクリと刺す。

「朝比奈さん、どうしたの？　さっきと様子が……」

「い、いえ。なんでも……」

「もしかして、あのアホとケンカでもした？　そういや、今日はウチに来なかったけど」

――マズい、疑われてる。

あわてて目を逸《そ》らそうとする。けれど、そんな私の仕草が、どこかおかしいと思ったんだろう。視界の片隅に、九条さんが眉をひそめる姿が映った。

「そういや、さっき備前《びぜん》も上から降りて来たっけ。んで、アイツもなんか様子が変だったような……」

――う。

その名前を聞いただけで、背筋がゾッとする。

九条さんが見ても普通じゃないと、そう思われるくらい、彼は怒り狂っているのだろう。

けど、本当のことを彼女に言えるわけもなくて。

……ああ、どうすればいいんだろう。こんなこと、誰に相談すれば――

「備前くんって、確か入間くんと仲の良い……？」

私が思い悩んでいると、矢島さんがそう、不思議そうにつぶやいた。

「そうそう、あのお笑い三羽ガラスの一人。ええと、何だっけ。たしか、なな？　なせ何とかがどうのこうの、ブッブッと呟《つぶや》いてたっけ」

「なな、せ……って、まさか七瀬《ななせ》さん!?」

九条さんの言葉に何故《なぜ》か、矢島さんが過剰な程の反応を示した。目を見開き、体もかすかに震えているみたい。

しかし、備前くんの挙動を聞いて慄《おのの》いたのは、彼女だけじゃない。私だって同じだ。

『――連中に、地獄を見せてやるのさ！』

屋上での会話が、まざまざと蘇《よみがえ》る。やっぱり、彼は本気だ。本気で、七瀬さん達《たち》を。

「お、そうそうそれ！　人の名前だったのか……って、あれ？　瑠璃の知り合い？」

「え、さっき備前《びぜん》くんが降りて来て、七瀬《ななせ》さんの事を呟《つぶや》いて？　それでその後から朝比奈《あさひな》さんが――って、まさか!?」

それ以上、聞きたくなかった。

「すみません、よ、用事がありますので、これで！」

これ以上、ここにはいられない。耐えられない！

そう思った瞬間、足が、勝手に動き出す。私は、その場から逃げ出す事を選択した。

「あ、ちょっと！」

後ろから聞こえて来る九条《くじょう》さんの声を無視して、私は早足で教室へと向かった。

三

その日の授業は、まったく頭に入ってこなかった。先生に何度か問題を当てられた、と思うのだけど、何と答えたのかすら、わからない。まるで覚えてなかった。

視界が揺れて、めまいがする。何もかもが、ボヤけて曖昧。ふにゃふにゃだ。

時間が経《た》つにつれ、それは更にひどくなる。現実との境界線がだんだんと狭まり、余計にわけがわからなくなってきた。

――もしかして、お昼にあった事は全部私の妄想で。本当は何事もなく、いつも通りに晴斗《はると》とご飯を食べたんじゃないのかな？

何だか、そんな気がしてきた。今日のために作ったハンバーグの肉汁が、口の中に広がってゆく、ような。ああ、どうだったっけ？　あれ、あれぇ……？

「ねえ、今日はどーする？　オケ、行かない？　新曲入ったらしいよ」

「でも、今月キビシイし、どうしよっかなあ。ああ、ヤバ。そう思うと余計に歌いたくなってきた！」

え、授業中にカラオケの話してるの？　先生に怒られ――

「――あ、れ？」

教壇の前に、先生の姿はない。

周りを見渡すと、みんな帰り支度を始めていた。時計の針は、三時を指している。

いつのまに、授業が終わったんだろう。ぜんぜん気が付かなかった。

「じゅぎょう……おわり？　みんな、かえる……？」

ああ、そうだ。私も行かなきゃ。放課後になったなら、彼の所に、行かなきゃ……

「はると……」

帰りの支度もそこそこに、ふらふらと席を立つ。足元がふわふわして、頼りない。まるで、そう。雲の上を歩いてるようだ。困ったなあ。歩きにくくてしょうがないや。

はやく、はやく。教室を出ないと。はるとのところに、いかないと――

「あ、朝比奈《あさひな》さん！」

その声に、のろのろと振り向く。あれ？　また矢島《やじま》さんだ。小さな体を震わせて、何かを言いたげに口をもごもごさせてる。何だろう？　用事なら、早くして欲しい。

「あ、あのね！　朝比奈さ——」

「ちょっと、アンタ！」

今度は、七瀬《ななせ》さんだ。どうして皆、私の邪魔をするのだろう。

少し、イライラしてきた。

「『ゲーム』のことなんだけど……」

「——ッ！」

げーむ、ゲーム……ああ、そうだ。彼を騙《だま》すために、私が吐《つ》いた、ウソ。

「ちょっと！　なに、ボーっとしてんのよ！　いい、そろそろ、アレをバラすわよ！」

ばらす？　なに？　げーむを、彼に……？

「やめて、七瀬さん！　もう、そんな事を朝比奈さんにさせるのは、やめてよっ！」

「ああ？　うっさいわね。今更、いい子ぶる気なん？　冗談やめてよね。アンタにそんな権利があるわけぇ？　ずーっとだんまりしてた、どっちつかずのアンタにさ」

「あ――」

「わかったら邪魔しないでよね。ほら、あっちへ行きなさいよ、うざったい！」

七瀬さんが乱暴な手つきで、矢島さんを押しやった。そのまま虫でも追い払うように指を振り、イラついたように舌打ちをしている。

その様子をぼうっと見ていると、七瀬さんがこちらに向き直った。

「ねえ、朝比奈ぁ？　うれしいでしょ？　これで、晴れてアンタもお役御免ってわけ。私に感謝しなさいよ。あんな白豚との恋人ごっこも、ようやく終わらせてあげるんだからさぁ」

――ああ、そうだ。そうだった。元はといえば、七瀬さんが悪いんじゃない。

彼女が、あんなことを言い出さなければよかったんだ。

私をイジメるだけで満足してれば、それで丸くおさまったのに！

そうすれば、今頃は。少なくとも、晴斗《はると》の周りは平和だったんだ。

そうだ。私なんかと関わらなければ、彼は幸せだったのに。

何事もなく、友達と楽しい学園生活を送れるはずだったのに！

「ふざけないで！」

「……はぁ!?」

「あなたが、あなたが！　あんな、あんなことを言ったから！　彼は、晴斗は……！」

七瀬《ななせ》さんは口を大きく開けたまま、びっくりしたように目を見開いている。

きょとん、としたその顔が……憎らしくてたまらなかった。

「どうしてくれるの!?　申し訳なくて、情けなくて！　これじゃあ、あの人を好きだって……もう、言えないじゃない！　私、どうすればいいのかわかんないよ！」

「あ、あんた何を言って……!?」

私は、掴《つか》みかからんばかりの勢いで、七瀬さんに詰め寄った。

感情が溢《あふ》れて溢れて、止まらない。あなたのせいで……私は、晴斗《はると》をっ！

「どうしてくれるのよぉ！　答えてっ！　答えなさいよ！　ほらはやくっ！」

「あ、朝比奈《あさひな》さん！　落ち着いて！」

七瀬さんの髪を引っ張ろうとした所で、後ろから矢島《やじま》さんが押さえつけてきた。

離して、離してよっ！　ぜんぶ、こいつが！　こいつのせいでっ！

「彼に、晴斗に嫌われちゃう……いや、そんなの嫌だぁ……！」

「な、なに言ってんのよ。あ、あんただって嘘《うそ》を吐《つ》いたじゃないの！　きょ、共犯よ、共犯！」

――――あ。

あはは、そう、そうだった。私は、何を言ってるんだろう？

すっ、と。体から力が抜けた。熱くなっていた頭が、急速に冷え込んでいく。

彼にウソをついたのは、私じゃないの。備前《びぜん》くんも、そう言っていたのに……

本当に馬鹿だ。救いようがない。

「あ、朝比奈さん……」

「……大丈夫ですよ、矢島さん。手を、離してください」

矢島さんは少しためらうように黙り込んでいたけれど、私の言葉を信じてくれたみたい。

そっ、と。手を離してくれた。

「あ、朝比奈……あ、アンタ——」

私に誰かが話しかけてきた。七瀬さん？　それとも取巻《とりまき》さんかな。どっちでもいいや。

もう、どうでもいい。

そちらに目もくれず、私は教室の外へと出た。

「——！」

「————！」

背後から、私を呼び止めようとする声が聞こえてきたけど、そんなの知らない。

それらの全てを無視して、歩き出す。さあ、行こう。彼の、教室に——

ああ、でも。なんだろう。

彼に会いたいのに、心の何処《どこ》かがそれを拒絶している気がする。何だか、もう。自分がよくわからない。

ただただ、足だけが機械的に動き、目的の場所へと私を運んでくれる。

まるで、ベルトコンベアーに乗せられた家畜のようだと、私は思った。

終点に行き着いた時、死ぬのが体か心かの違いだけ。

「あ……」

そうして、ついに。彼がいるであろう教室、一年一組に、たどり着いた。

……あれ、なんでドアが二重に見えるんだろう。おかしいな、地面もフラフラ揺れてる気がする。地震かな？　地震はこわいな。双葉《ふたば》も嫌いだって言ってたっけ。

とにかく、晴斗《はると》に会わなきゃ。会えば、ぜんぶ解決するんだから。

晴斗、ハルト、はると……やっと、彼に会える。

そうして、教室に入ろうとドアに手をかけた、その時だった。

「うおっ！　びっくりした！」

私の目と鼻の先でドアが開き、中から一人の生徒が顔を出した。

何とか避《よ》けれたが、危うくぶつかる所だった。

「ごめんなさい、だいじょうぶですか……？」

彼は――ええと、そうだ。晴斗のお友達の伊達《だて》くん。お兄さんだったかな、弟さんの方だったかな。まあ、どっちでもいいか……

「あ、朝比奈《あさひな》ちゃん！　き、来たのか！」

ん、どうしたんだろう。すごく驚いているようだけど。何かあったのかな。

……それもどうでもいいや。晴斗は、どこだろ？　教室の中にいると思うんだけど。

「あの、晴斗は……？」

「あいつは、その——」

……？　伊達くんが、苦しそうな顔をしてる。おなかでも、いたいのかな？

「あ、あいつさ。家の用事があるってんで、早引けしちまったんだ。あんたが来たら、そう伝えてくれってさ。あ！　病気とか怪我《けが》じゃないから、心配しないでくれよ」

あれ、そうなんだ。それなら、LINEで連絡くらいあっても——

——あ。あった。ちゃんと、彼からのメッセージが届いてる。

伊達くんの言う通り、用事が出来たから今日は一緒に帰れないって。可愛《かわい》らしい泣き顔のスタンプまで押してあった。

マナーにしてたから気付かなかったの？　本当に、私はどうかしてる。彼からの連絡を見過ごすなんて。どうかしてる。

でも、そうか。晴斗は、もう学校にいないんだ。

それを聞いて、残念に思う反面、少し、ホッとして——そう、一瞬でも思ってしまった自分が、心底憎らしくて情けない。

「そうですか、ならしかたありませんね……」

彼が居ないなら、ここに用事なんてない。

備前《びぜん》くんや波川《なみかわ》くんと顔を合わせるのも辛《つら》いし……私も、もう帰ろう。

「ごめんなさい、私はこれで……」

「——あのさ、晴斗《はると》のことなんだけどさ！」

踵《きびす》を返そうとした所で、伊達《だて》くんに呼び止められた。

「彼が、なにか？」

「あいつは、その……馬鹿でスケベだし、一見、どうしようもないブサ男に見えるかもしれねえが、すっげぇ良い奴《やつ》なんだよ」

「はあ……？」

今更、何を。彼がどんなに優しくて素敵な男の子か、私は十分なくらい知っている。

「だ、だからさ。これからもその、変な事を言うかもしれないが、大目に見てやってくれよ。あいつは——あんたの事が、本当に好きなんだから」

「——ッ」

——ワタシノ　コトヲ　カレガ　スキ

その言葉は、ナイフよりも鋭い刃《やいば》となって、私の胸を貫いた。

少し前ならば、それを聞いただけで、天にも昇るほどに舞い上がったと思う。

しかし、今やそれは、私を苛《さいな》む罪の証《あかし》でしかない。

がたがたと、体が震え出す。やめて。そんなこと、言わないで！

そんな私に気付きもせず、伊達くんは。

「へ、変な事を言っちまって悪いな。まあ、何が言いたいかというと、だ。晴斗の奴を『よろしく頼むぜ』、っていうこった」

——私に対するトドメとなりうる言葉を、言い放った。

「あ——あああああああ!!」

もうやだ、いやだ！　なんで、そんな、こんな！

叫び声と共に、わき目もふらず、駆け出す！

一刻も早く、この場から——忌まわしい学校から、逃げ出したかった。

「おい、待て、待ってくれ！　違うんだ！　話はまだ——っああ、くそ！　兄貴、兄貴！　来てくれ、しくじっちまった！」

後ろから、伊達くんの声が追いかけてくる。

しかし、もう——そんなものに構っている余裕なんて、ない！

「はあ、はあっ！」

廊下を駆け抜け。

「はあ、うあ……っ」

生徒達《たち》を押しのけ。

「ふう、ふう……！」

下駄箱《げたばこ》の中から靴を放って。

「……っ！　はあ、はあ――」

校門から飛び出すと――私は、走った。ただ、ひたすらに。

何も目に入らない。何も聞こえない。

たとえようのない恐怖に、罪悪感に潰されそうになりながら、ただただ走る。

私を傷付けるモノしかない場所なんて、きらいだ。晴斗《はると》だっていないのに！

なら、行き先は決まってる。私が心の底から安心できる居場所は……家だ！

あそこなら、家族がいる。彼らだけは、私の味方だ！

いつだって、ずっとそうだった。家に帰れさえすれば、もうだいじょうぶ。

ただ、それだけを信じて、一目散に走り続ける。

息が切れ、動悸《どうき》が激しくなる。足がつりそうになり、全身の筋肉が悲鳴をあげた。

やがて、見慣れた家屋が見えて来た。愛《いと》しの我が家……私の家族たち！

「お母さん、お父さん、双葉《ふたば》……！」

ドアをこじ開けるようにして開け放つと、そのまま中に転がり込んだ。

息が、苦しい。喘《あえ》ぐようにして、必死に呼吸を試みる。

するると、その声を聞きつけたのか。ドタドタと音を立てながら、お母さん達が駆けつけてくれた。ああ、よかった。安心した。

「ど、どうしたんですか？　そんなに慌てて……」

「何だい、そんな肩で息までして。ほら、落ち着きなさい」

「お姉ちゃん、大丈夫？　お水、持ってこようか？」

皆、口々に優しい言葉を掛けてくれ……みんな？　あれ？

創立記念日だかでお休みだった双葉はともかく、どうしてお父さんまで家にいるんだろう？　お仕事じゃなかったっけ。

……まあ、そんなことは、どうでもいいや。皆と話してると、心が安らいでくる。

そうだ、落ち着こう。落ち着いて、これからの事を考えなきゃ。

「ふーっふー……」

よし、息も整ってきた。お母さん達に、心配を掛けちゃ駄目だよね。

ぎこちなくも、いつも通りの笑顔を作り上げると、みんなを見上げ——

「そうそう、聞きましたよ！　おめでとう、若葉《わかば》。素敵な恋人さんが出来たんですって？」

「——え？」

――お母さんの言葉に、凍り付いた。

「隠すことはないだろ？　ま、まあ！　お父さんだって反対はしないさ、うん」

「ま、待って！　何で、その事を……っ」

混乱する私に向かって、双葉《ふたば》がぺろりと舌を出した。

「ごめんね？　その――喋《しゃべ》っちゃいました！　つい、インスタを見られちゃって、その」

――は？

「ふふふ、お父さんなんてね、慌てて会社から帰ってきちゃったんですよ。ちょっと、お昼の慰みにメールを送っただけですのに」

「おいおい！　人聞きの悪いことを言わないでくれ！　ちゃんと、半休は取ったし！　明日はほら、休みだろ？　だから丁度良いって思っただけさ！　……まあ、リアルで変な声は出たけどね。お茶吹いたよ、お茶！　ぶわっと！」

え、なに？　これ、なに……？

「もー、そんな理由で会社休んで大丈夫なの？　でも、お父さんらしいか！」

「だから、違うと言っとろうに……！」

ユメ、ユメだよね、これ……？

「まあ、何にせよ、お母さんはとっても嬉《うれ》しいですよ。あの引っ込み思案だった若葉《わかば》に、彼氏さんが出来るなんて！　今夜は、ご馳走《ちそう》にしましょうね」

　イヤ、やめて、やめて——！

「ふふふ、今日は若葉の好きな物、いっぱい作りますから。だから、その入間《いるま》さんって男の子のこと、聞かせて下さいね。そう、まずは『馴《な》れ初《そ》め』とか……」

　——っ！

「そうそう、それ！　お父さんも聞きた——」

「——うるさい!!」

「お、お姉ちゃん……？」

「はあ、はあ……はあ、はあ……っ」

　どう、して……どうして！

「み、みんなまで、そんなことを言うの!?」

　私の怒鳴り声を受け、三人が驚いてこちらを振り返った。

「わ、若葉？　どうしたんだい？」

「ごめんなさい、何か、気に障《さわ》りましたか？　ちょっと、あなたの恋人がどんな子なのか気になって……」

「お姉ちゃん？　あの、怒っちゃった……？　ごめんね、その、それくらいは大丈夫かなって思っちゃったの。だから――」

「うるさいっ！　そんなの、そんなの知らないっ！」

家族に向かってこんな大声を上げるなんて初めてだった。

双葉《ふたば》なんて、可哀想《かわいそう》なくらいに竦《すく》みあがり目に涙を溜《た》めている。

けど――ダメだ。止まらない。頭がカッとして、目の前が赤く染まってゆく。

もう、止まりそうも、なかった。

ガマンにガマンを重ねてこらえていた、その……最後のギリギリの一線を、私は踏み越えてしまった。

「放っておいて！　もう、私なんかほうっておいて！」

「落ち着きなさい！　一体、どうしたっていうんだ！」

お父さんが、私の肩を掴《つか》む。や、はなして！　さわらないで！

「嫌い、みんな、だいっきらい！　来ないで、もう私に……構わないで！」

「若葉《わかば》!?　待ちなさい！」

「お姉ちゃん!!」

突き飛ばすようにしてみんなを押しのけると、私はその場から逃げ出した。

もう、おかしくなりそうだった。

ウソだ、こんなのウソ！　家も、私が安心できる場所じゃないの!?

階段を駆け上がり、部屋に飛び込むと、すぐさまドアを閉めて鍵を掛ける。

「は……あっ」

ドアにもたれかかるようにして、背中からずるずるとへたり込む。

汗が、後から後からあふれて、止まらない。

喘《あえ》ぎながら、手で額をぬぐっていると、ドアの向こうから、激しいノックの音が響いた。

「若葉、ここを開けなさい！」

「何があったの!?　とにかく、話し合いましょう！　だから、ここを開けて、ね？」

お母さん達《たち》の怒鳴り声が、ドア越しに響き渡る。

やめて、やめて、やめて！　もう、私を放って置いて！

気が狂ってしまいそうだった。今朝までは、あんなにも心が輝いていたのに！

私は、耳を塞ぎながら声にならない叫び声を上げた。

イヤだ、もう逃げ出してしまいたい！

でも、どこへ……？

彼の友人達から逃げ、クラスメイト達からも逃げ、遂《つい》には――

――大切な家族からも、逃げ出した。

どうして、私はあんなにひどい事を言ってしまったんだろう。

みんな、何も知らないのに。ただ、私に彼氏が出来たのをよろこび、お祝いしてくれた、それだけだったのに。

でも、どんなに後悔しても、もう遅い。

皆には事情を話すことなんて、できない。私のついたウソを告白する度胸もなければ、勇気もない。

それに、もし真実を打ち明けたとしても、秘密が守られるとは限らないんだ。

特に、双葉《ふたば》は優しいから、もしかしたらあの子から晴斗《はると》に話が伝わってしまうかもしれない。そう考えただけで、ゾッとする。

どうしたら、いいの？　私は、どうしたらいいの⁉

考えなんて、浮かばない。何が最善で、何が最悪なのかも、もうわからない。

ぐるぐる、ぐるぐると……思考が巡り、空回りし続けるだけ。

いや、いや、いやぁ！　夢なら覚めて、お願いだからっ！

もうやだ、やだよぉ……

「ひぐ……っ！」

「たすけて……はるとぉ、おねがい、たすけてぇ……」

必死に、彼に助けを求める。

それが、どんなに浅ましい行為か、自分でもわかってはいたけれど——

溢《あふ》れ出る衝動が、それを抑制する事を許さなかった。

やがて、極度の疲労からだろうか？　私の意識は段々遠ざかり……

やがて、視界の全てが、闇に閉ざされた。


……

…………

…………あ、れ？


気が付くと、私は広々とした空間に一人、佇《たたず》んでいた。

——ここは、どこだろう。

辺りを見渡すが、周囲は霧がかかったように霞《かす》んでぼやけている。今、自分がどこにいるのか、さっぱりわからない。

ええと、私は、何をしてたんだっけ。どうして、こんなところに——？

思考が上手《うま》くまとまらない。頭がぼんやりとしたまま、よろよろと歩き出す。

どこもかしこも同じような景色ばかりで、きちんと前に進んでいるのか、どうなのか。

それすらもわからない。

……すると、乳白色の霧の向こうに、誰かの背中が見えた。

ふくよかな体に、まん丸頭。あの、特徴的な後ろ姿は——

『だから、俺は若葉《わかば》が好きだよ』

瞬間、私は駆け出していた。

間違いない。あそこにいるのは、彼だ。

私の初恋の人。大好きな、私の彼氏！

「——晴斗《はると》っ！」

もう、何もかもどうでもいい。彼が、晴斗が私の傍《そば》にいてくれさえすれば、それで！

「はっ、はっ、はっ……！」

追い付く。もう少しで、あの人に追い付く。

大きな背中が、ほら。視界いっぱいに広がってゆく。

不安も恐れも全て投げ捨て、彼に思い切り抱き付こうと手を伸ばし——

「……え？」

——その手が、払われた。

ゆっくりと、彼が振り向く。

その顔は、その表情は。今まで私が見たこともない、恐ろしいものであった。

目は真っ赤に充血して吊《つ》り上《あ》がり、こめかみに青筋が浮き出ている。

歯は剥《む》きだしのまま、がっちりと噛《か》みあわされていて、今にも歯ぎしりの音が聞こえてきそう。

いつもニコニコ笑っていた、あの優しい晴斗《はると》の姿は、そこにはなかった。

「はる……と？」

「来るな！」

……彼の言葉に、足が止まる。その声は、明らかに私を拒んでいた。

「近寄るんじゃ、ねえよ」

「え？　な、なに言ってるの？　あ、はは……いつもの冗談、よね？」

しかし、私の言葉に対して返って来た反応は、嫌悪に満ちた侮蔑の視線であった。

晴斗の、そんな目つきは初めて見た。体がすくみ、言葉が……声が、出ない。

「ずっと、嘘《うそ》をついてたんだろ？　その汚い手で俺に触るんじゃねえ……！」

「——っ!?」

「見てて、さぞや楽しかったろうなぁ？　不細工でモテない気持ちの悪い男が、有頂天になってはしゃぐ様は！」

「ちが、そんなことっ！」

必死で否定しようとするが、私があわてればあわてるほどに、彼の表情は険しく、憤怒に彩られてゆく。

「お前みたいな汚らしい女、こっちからお断りだよ」

や、やだ。そんなこと、言わないで。ちがうの、これはちがうの！

「二度と俺に近付くんじゃねえぞ？　この……」

優しかった眼差《まなざ》しを真っ赤に染めて、私を好きだと言ってくれた、その口を歪《ゆが》めて。

「……クズがっ！」

はると　が　そう　いった。

「——ひ」

心臓が、止まるかと思った。喉の奥が引き攣《つ》れ、頭が真っ白になる。

そんな私に向かって唾を吐きかけると、彼はくるりと背を向けて、そのまま歩き出そうとする。振り向いてさえ、くれない。

彼が、行ってしまう。私の手の届かない、遠い場所へ――

「――いやあっ！」

晴斗《はると》の足にすがりつき、行かせまいと必死に抱きしめる！

「いや、行っちゃやだぁ！　わ、私の悪い所は全部直すから！　土下座でもなんでもして謝るから！」

恥も外聞も投げ捨てて、私は泣き叫んだ。

「キスだって、エッチなことだって、いくらでもしていいから！　私の体で良ければ、好きにして構わないからっ！」

だから、だから……！

「お願い……私を、きらいに……ならないで……！」

だが、その言葉も空《むな》しく、彼は私を振り払うと、前へ前へと歩き去ってゆく。

「やだ、やだやだやだぁ！　晴斗、はるとぉぉぉぉ！」

伸ばした手は、届かない。やがて、霧が私の体を包み込み――

すべてが白く、染まり切った。

……

…………

「え、ここ……私の、部屋？」

…………はっ!?

周りを見渡せば、意識が消える前と寸分たがわぬ景色が目に飛び込んで来る。

じゃあ、さっきまでのやり取りは、ぜんぶ夢、だったの？

窓の外から、朝日が差し込んで来る。どうやら、あのまま眠ってしまったらしい。

荒い息を吐きながら、立ち上がろうとする。けど。

「あ、れ？」

体が、何故《なぜ》かすごく重かった。めまいがしたように視界が歪《ゆが》み、頭が痛む。

喉の奥から込み上がって来る吐き気を押さえ込み、ふらふらと立ち上がった。

「あさ、あさになったんだ？　じゃあ、いかなきゃ。がっこうに、いかなきゃ……」

――かれに、あいに、いかなきゃ。

『クズがっ！』

「あ、ぎ……っ!?」

メキリ、と。ぶん殴られたような衝撃が、脳を揺さぶる。

ちがう、ちがう、ちがう！　あれは、夢なの！　ただの、夢……！

そう言い聞かせながらも、晴斗《はると》のあの反応は現実に起こってもおかしくないものだと、理解している自分がいた。

私は許されない事をしたのだから、彼に罵られるのも当たり前じゃない。

ああ、そうだ。だから、行かなきゃ。いつもの交差路。彼が待ってる、あの場所へ。

部屋のカギを開錠し、ドアを開ける。廊下には、誰の姿もない。

好都合だと思う。私も、皆に会わせる顔がなかったから。

ふらふらと歩きながら、玄関を目指す。体の節々がぎしり、と軋《きし》んだが、そんなものはどうだって良かった。

ただただ、家族の皆に会うことだけを恐れ、私は重い足をひたすらに動かした。

いつもの倍以上の時間をかけて、ようやく玄関に辿《たど》り着《つ》く。

ドアに手を掛け、外に出ようとした、その時。

「お姉ちゃんっ!?」

この声は……？

ゆっくりとそちらを振り向くと、双葉《ふたば》が呆然《ぼうぜん》と立ち尽くしている様が見えた。

可愛《かわい》らしい顔を真っ青にして、その目はこちらを睨《にら》むように見据えている。

ずっと一緒に暮らして来たのに、こんな妹の表情を見るのは、生まれて初めてかもしれない。

何故《なぜ》か、おかしな気持ちが込み上げて来て、くすりと笑みを零《こぼ》してしまった。

「一体、どうしたっていうの!?　昨日から様子が変だよ！」

「大きな声を出さないで。お父さん達《たち》、起きちゃうよ。本当に、なんでもないんだから」

「そんなわけがないでしょっ！　お姉ちゃん、本当にどうしちゃったのよぉ……私が入間《いるま》さんの事をばらしちゃったから？　だから、そんなに怒ってるの？」

彼の名前を聞いただけで、体がびくりと震える。

血相を変えた妹に向かって、私は首を横に振ってみせた。

「彼は、関係ないの」

「ウソ！　そんなのウソだ！　どう見たって、昨日の状況はそうとしか思え——」

そこで、はた、と。何かに気付いたように双葉は口に手を当てた。

その顔が、見る間に歪《ゆが》んでいく。

「まさか……あの人が、原因なの？」

双葉が、信じられない、というように、首を振りながらこちらに詰め寄ってくる。

「そうなんでしょ!?　入間さんが、お姉ちゃんに酷《ひど》い事をっ！」

「違う！」

『見てて、さぞや楽しかったろうなあ？　不細工でモテない気持ちの悪い男が、有頂天になってはしゃぐ様は！』

「彼は、晴斗《はると》はなにも悪くない！　そうよ、悪いのはぜんぶ私なんだから！」

夢の光景が頭をよぎり、私は思わずそう叫んでいた。

「――あんなことをされたって、当然なのよ！」

そう言い放った瞬間、双葉《ふたば》の顔が真っ青になった。

「あんなことって……やっぱり、そうなんじゃない！　酷《ひど》い、優しそうな人だと思ってたのに……最低っ」

「黙って！　晴斗のことを悪く言うなら、いくら双葉でも許さないから！」

「え、で、でも……！」

尚《なお》も罵詈雑言《ばりぞうごん》を吐き出そうとする妹が、とても憎らしく見えた。

事情も知らないくせに、偉そうに……！

いつか感じた、ドス黒い炎のような感情が、胸の奥から溢《あふ》れて来る。

止めようとしても、もう遅かった。

私の口が勝手に開き、溜《た》まりに溜まった、汚いエゴを吐き散らかしていく。

「ふ、双葉には分からないのよ！　明るくて、友達もいっぱいいて！　私みたいなネクラ女とは全然違って、いつも楽しそうで！」

「お、おねえ……ちゃん？」

違う、こんなことを言いたいんじゃない！　双葉は私の大事な、大切な妹なのに！　なのに、私の言葉は止まらない。抑えきれない激情が私の言葉を乗っ取って、洪水のように押し出してゆく。

そして、ついに——

「もう、放っておいて！　あなたなんかに、私の何がわかるっていうのよ！」

——私は、言ってはならない言葉を、口走ってしまった。

「おねえ、ちゃん……おねえちゃんは、私のこと……」

双葉の瞳から、大粒の涙が零《こぼ》れ落ちた。

「そんなふうに、思って、たの？」

——あ。ああ、あ。

「若葉《わかば》!?　起きたのかい、若葉！」

「待ってて、今、そこに——」

騒ぎを聞きつけたのだろうか？

私を呼ぶ声と共に、両親の部屋の方から足音が響いてきた。

私は泣いている妹を放ったまま、ドアを勢いよく開くと——外に、飛び出した。

イヤだ、イヤだ、もうイヤだ！　消えたい、消えてしまいたい！

ふらつく体にムチを入れ、耳を抑えながら走り出す。

……けれど、流石《さすが》に体力の限界が来ちゃった。

いくらも行かないうちに、足が止まってしまう。立ったまま、荒い息を吐き出す。

そうして、壁にもたれかかるようにして息を整えていると、突然聞き覚えのあるメロディが響き渡った。

「LINEの、着信？　まさか、この着信音は……！」

さっきまでの疲れも忘れ、慌ててスマホを取り出す。

見ると、何回も電話やメールの着信があった。夢うつつで、気付かなかったのか。

その半分は、両親や妹からのもの。そして、もう半分は——

「晴、斗……？」

それを、見間違えるワケがない。私の彼氏、入間晴斗《いるまはると》からの連絡であった。

震える指で、最新のメッセージを開き、内容を確認する。

【朝早くからごめん。今日、学校に来れるかな？　もし具合が良いなら、ちょっと話したい事があるので、いつもの裏庭に来て欲しい。何時でもいいよ。俺は先に行って待ってる

から】

話って、何だろう？　ああ、でも。やっぱり彼は優しいな。こんな私と、話をしてくれるんだ。それだけで少し、救われた気持ちになる。

もう、疲れた。何もかも全部忘れて、晴斗のことだけを考えていたい。

それが、たとえ彼を騙《だま》し続ける結果になったと、しても――

四

いつもよりも長い時間をかけて、ようやく校門の前へと辿《たど》り着《つ》いた。

朝の部活動だろうか？　ちらほらと人影が行き来しているのが見えた。

そちらに近付くと、微《かす》かにざわめき声が聞こえた。何人かの生徒達《たち》がこちらを怪訝《けげん》そうに窺《うかが》っているのがわかる。けど、そんなのはもう、どうでもいい。

早く、早く彼の所に行こう。そして、そして……えっと、どうするんだっけ？

ああ……そうだ、そう。話、晴斗と話をするんだった。

あはは、はは。今日は、どんな楽しいお話を聞かせてくれるんだろ？

陽気な彼の事だ、きっと私を笑わせて――

『──ずっと、嘘《うそ》をついて──ん、だろ？』

「んぐっ⁉」

あ、あははは、あははは……乾いた笑い声が、口から洩《も》れる。

もう、何も考えるのは、よそう。

ひび割れた心をかき集め、何とか自分を取り繕う。

そのままふらふらと歩いているうちに、やがて校舎裏が見えて来た。

晴斗《はると》は、彼は──いた！

私の目に、彼の姿が映りこんだ。あの特徴的な後ろ姿は、間違いない！

たまらず駆け出し、必死に手を伸ばす。

そう。あの夢と、同じように。こちらに背を向けた──彼に向かって。

「──っ⁉」

足が、凍り付いたように動かなくなる。脳裏に木霊するのは、夢の中の彼の声。

そして、晴斗が。あの時と同じように、こちらを振り向き。

私が見た事もないような、顔をして。ゆっくりと、口を開いてゆく。

「来て、くれたんだ」

「はる、と」

そして、恐れ慄《おのの》く私を、正面から見つめると。

「若葉《わかば》——」

彼は、彼は——

「——全部、聞いたよ」

決して知られちゃいけない、その言葉を——口に、した。

最終話　朝比奈若葉と○○な彼氏

一

「若葉《わかば》――全部、聞いたよ」

晴斗《はると》の言葉が、私の耳に木霊する。

今、彼は、なんて？　なんて、言ったの？

「う、そ……冗談よ、ね？　だって、あなたが、それを知ってるはずが……」

そうだ。それは、決して知られてはいけない真実の筈《はず》。だから、私も、備前《びぜん》くんも。晴斗にだけは知られまい、と。それだけが、私達《たち》の間で唯一通じ合った思いだったのに。

それが、どうして!?　誰が、彼にそのことを教えたの！

あまりの衝撃に、思考が停止する。

息が、苦しい。段々と顔が青ざめてゆくのが、自分でもわかった。

「冗談じゃ、ないんだ。俺は、全部知ってるよ」

そうして、彼は低く唸《うな》るような声で、次々と事実を突きつけてくる。

私がクラスでどんな立場にいたのかも、何故《なぜ》、こんな事をしなくてはならなかったのかも。更に、備前くんと私が交わした会話の内容さえも。

そして——肝心かなめの、『ゲーム』の事さえ、も。

彼は、すべてを知っていた。

「……って、いうことだろ？　もう隠さなくていい。何もかも、わかってる。告白自体が嘘《うそ》だってことも。若葉が本当はどういうつもりで俺と付き合ってたのかも——」

「あ、うう、う……」

否定したかった。ちがうって言いたかった。

けれど、彼の語る言葉は、知ってしまった事柄は。すべて、覆《くつがえ》しようもない事実なんだ。

今更、何を言い訳したらいいと言うの？

汗が、ポタポタ、ポタポタ、と頬《ほお》を伝わって滑り落ちてゆく。頭が、ひどく痛む。

今、ここで起きている事は、本当に現実のものなのだろうか。

ああ、そうだ！　これも、夢なんじゃないの？

実は私は、まだ布団の中にいて、まどろみながら悪夢を見ているだけなんじゃ。

そう、夢だ。これは、ただのゆめ——

『ずっと、嘘をついてたんだろ？　その汚い手で俺に触るんじゃねえ……！』

「——あぐうっ⁉」

いやだ、いやだ！　まさか、あの夢は正夢だったの!?

だとすれば、これから私は彼に――

「は、晴斗《はると》……」

恐れおののく私を尻目に、彼はただジッとこちらを見つめたまま……ゆっくりと、口を開いてゆく。

「だとすれば、俺が言う事は一つだ」

「あ、ああ……！」

もう、駄目だ。もう――何を言っても、遅いんだ。

いっそ、逃げ出したい。しかし、足は震えるばかりで動こうともせず……

「若葉《わかば》――」

そして、ついに。その言葉が叩《たた》きつけられる。私を裁く、断罪の拒絶。

そう、あの夢のように！

そして、彼は。そうして、彼は！

私が今まで見た事もない、恐ろしい顔で、〝微笑《ほほえ》んで〟――！

「――え？」

悪夢のまぼろしが、目の前ではがれ落ちてゆく。

晴斗は、笑っていた。微笑んでいた。口元をゆるめ、あの優しい笑顔を私に向けて。

「『ゲーム』を、続けようぜ！」

――そう、言ったのだ。

「なっ⁉　な、何を言ってるの⁉　じ、自分の言ってることが、わかって――」

「モチのロン！　そんなの、百も承知だっつうの」

晴斗は、腕をひらひらと振りながら、自信ありげに頷《うなず》いている。

「だ、だったら！　『ゲーム』を続けるっていうのがどういう事か、分かるでしょう⁉」

血相を変えて詰め寄るが、まるで取り合ってくれない。両手を上げてこちらを制し、意味ありげに笑うだけだ。

その発言の意図が、全く掴《つか》めない。

何を考えているのか、さっぱり理解出来なかった。

『ゲーム』を続ける⁉　晴斗に、それを続ける理由も、メリットも、何もないじゃない！

「ごめん。実はあの時さ、俺……屋上にいたんだよね」

混乱し、うろたえる私に、晴斗はひどく穏やかな口調で、語り掛けてくれた。

「亮一《りょういち》の奴《やつ》がね、若葉に急な用事が出来たらしい、とか何とか。一方的に言うだけ言ってどっか行っちまったんで、瞬《しゅん》か伊達《だて》兄弟でも誘って学食にでも行こうとしたんよ。トホホ、お昼の楽しみがこれでなくなっちまった、って落ち込みながらさ」

そうして、ぶらぶらと廊下を歩いていたら、屋上の方に向かう備前《びぜん》くんを見つけたのだ、と晴斗《はると》は話す。

「このクソ寒いのに屋上に行こうとしてるからさぁ。何か面白い事でも起こりそうな予感がしたんだよ。だから、ちょっと魔が差したんだ。どうせ暇になったし、探偵ごっこ気分で後を付けてみようって。本当に軽い気持ちだったんだ。あそこに行くのも久しぶりだったし、それも悪くないかな、ってさ。そしたら——」

そう。そうしたら、私が後から現れたというわけだ。

そこで、彼は真実を知ったんだろう。何の事はない、蓋を開けてみれば、実に単純な理由がそこにあった。明かされた罪に気を取られていた真っ最中。他に誰か隠れているかも、なんて考えられるわけもない。

——でも、それなら。どうして。どうしてなの、晴斗?

「ってな事がありましてね。いや、聞くつもりはなかったんだよ！　本当に！」

悪戯《いたずら》がバレた子供のように、彼は慌てて首を振る。

なんで。なんで、そんな反応をするの。

どうして、あなたは——そんな風に、笑っていられるの？

その話が本当ならば、尚更《なおさら》おかしい。あの場所で、私達《たち》の会話を全て聞いていたのならば、あの夢のように彼が私を許すわけがないじゃない。

「亮一《りょういち》は、その……色々特殊な育ち方をしていてさ。ほら、どっかの地方の御曹司だってうわさ、聞いた事ない？　あれマジなんだよ。アイツは子供の頃から、いわゆる帝王学とかを詰め込まれてたせいで、遊ぶ相手もろくにいなかったらしく……なんつうか、人の心の機微ってもんがさ、イマイチ理解できてないんだよ」

混乱する私を余所《よそ》に、彼の話は続く。

「七瀬《ななせ》たちを学校から追放なんかしたら、残された若葉《わかば》がどういった目で見られるかなんて、わからなかったんだろうなあ」

はあ、と晴斗が大げさにため息を吐《つ》いた。

「はたから見りゃさ、いじめの標的だった女の子が、だよ？　その周りからいじめていた連中が残らず消えたら、他のクラスメイト達はどう思うよ。最悪、復讐《ふくしゅう》の為《ため》に彼氏の友人をけしかけた、って考えてもおかしくないって。下手したら若葉は卒業までずっと腫れ物扱いされて孤立しかねないよ」

そこでいったん言葉を切ると、晴斗は私に向かって頭を下げた。

「その、出来ればアイツを恨まないでやって欲しいんだ。そりゃ、やり方はマズかったと思うけどさ。それもぜんぶ、俺のためなんだよ。あいつも、自分なりに色々と考えたはずなんだ。その結果、一人でつっ走っちまっただけで──」

「そんな、恨むだなんて……」

悪いのは、私だ。彼を憎んだりするわけない。それこそお門違いも、はなはだしい。

「それなら良かったよ！　それがどうにも気がかりでさ」

私の返答に安心したのか、晴斗《はると》は弾んだ声で会話を続けてゆく。

「『ゲーム』を続けるって言っても、あの連中の思惑通りに進めるつもりはないから、安心してくれ。その為《ため》の作戦も練ってあるしさ。頼りになる奴等《やつら》もいるし、若葉《わかば》は何にも心配することはないんだ」

心配する事がない？　え、それで、終わり？

何だろう。こんな、あっさりと解決してしまって……いいのだろうか。

正直、拍子抜けしてしまった。こんな事なら、最悪の事態になる前に、もっと早く彼に打ち明けておくべきだったんじゃ……？

ふしぎ。晴斗の笑顔を見ているだけで、さっきまでの不安が綺麗《きれい》に消えていくみたい。さっきまで悩んでいた自分が、馬鹿らしくなってくる。

家族すら巻き込んで、あんなに大騒ぎしたというのに。

そう思うと、急に恥ずかしくなってきた。晴斗の顔が見れず、うつむいてしまう。

許してくれるかはわからないけど、後で、みんなに謝らなきゃ。

「――あれ？」

何だろう、これ。晴斗の足元の土が……湿っている、ような。

今朝も昨日も、雨なんて降っていない。水か何かを零《こぼ》したのだろうか？

でも、それにしては範囲が狭いような。どうして、あそこだけ——

「——っ！」

予感がした。とても、とても嫌な想像。

私は、その理由に思い至り、慌てて顔を上げ、晴斗と真正面から向き合った。

今の今まで、彼にきらわれるのが怖くて、まともに目を合わせてしゃべれなかった。

だから、わからなかった。見えて、いなかったんだ。

そこにあったのは、彼のいつもの笑顔——では、なかった。

目は充血し、瞼《まぶた》が酷《ひど》く腫れぼったくなっている。その体は小刻みに揺れ、今にも痙攣《けいれん》を起こしてしまいそう。そこで、ようやく私は先ほどからの違和感に気付いた。

彼の口から吐き出される言葉の端々には、何かを耐えるような、堪《こら》えるような響きがあったのに！

晴斗の、その様子は……一つの事実を示していた。

先ほどまでの会話。そう、そこに。彼がついた、優しい嘘《うそ》があったんだ。

「あ、ああ……あ！」

そうとわかってしまった瞬間、心の内が激しくざわめいた。

自分は、何かとんでもない思い違いをしている。無意識のうちに目を逸《そ》らしていたのかもしれない。私は今、気付いてはいけない事に気付こうとしていた。

そんな私の様子を、嘘《うそ》がばれたせいで怯《おび》えている、と取ったのか。

晴斗《はると》は、いつものような調子で、明るく話し掛けてくる。

「あ、だ、大丈夫だよ！　俺、本当に怒ってなんていないからさ！　アイアンハートと分厚い皮下脂肪を兼ね備えた俺にとってはこの程度、平気のへっちゃらだって！」

そして、彼は。とびっきりの笑顔を作り。

「最初から、ちょっとおかしいなあって思ってたんだよ！　だから、さ。マジで気にしないでくれよ！　わか……」

少し、躊躇《ためら》うように。

「……朝・比・奈・さ・ん！」

――私を、そう、呼んだ。

「ひう……っ」

「だ、だいたいさあ。おかしいと思ってたんだよ。わか――朝比奈《あさひな》さんみたいな可愛《かわい》くて

優しい女の子が、俺を好きになってくれるわけが、ないじゃんね！　いやっははは、ほんっと舞い上がっちゃってもう、恥ずかしいやら、みっともないやら！　ったく、これだから俺は後ろ指さされるんだっつうの！　いや、まいったまいった！」

明らかな空元気でそう笑うと、晴斗は目をギュッと閉じた。

「お、俺みたいなキモオタデブと付き合うのは、辛《つら》かったろ？　ごめん、気付いてあげられなくて……」

「ち、ちが……」

「で、でも！　もう大丈夫さ！　『ゲーム』を続けるっていっても、見せかけだけだし！　アイツ等《ら》の目の届かない所では、い、一緒にいる必要もないからさ！」

やめて。

「ほらほら、ドッキリ成功！　ってくらいの軽さでいいんだって。だ、だからさ。お願いだから元気を出して、笑って欲しいんだ。朝比奈さんが悩むことなんてないし」

やめて、やめて、やめて！

メキリ、と。奇妙な音を立てながら、視界が歪《ゆが》んでゆく。

彼に、名前を呼んでもらえない。それは確かに、死ぬほど辛い。

けれど、違う！　違うの！　今、私の胸が引きちぎれそうな程に苦しいのは、そんな事が理由なんかじゃ、ない！

なんで、気が付かなかったんだろう。

彼は、晴斗《はると》は——自分よりも、他人を優先してしまう男の子だ。だったら、そう決断してしまうことくらい、わかりきってたことじゃない。今まで彼女ヅラをしていたのに、私はそんなことさえ、考えられなかった！

晴斗は、すごく悲しんだに違いない。おそらく、涙も大量に流したんだと思う。

しかし、それは。自分が騙《だま》されていたから——じゃあ、ないはず。

そう、すべては——私の、こんな私のためなのだ。

ニセモノとはいえ、恋人であった少女の、その苦しみに気付いてあげられなかったと、そう嘆いて、心を傷付けてしまうのが、晴斗なんだ。

そう考えてしまうのは、私の傲慢？　ううん、ちがう。

太一《たいち》くんを車から庇《かば》った、あの時。泥まみれになりながら、彼はこう言っていた。

『俺はいいんだよ。どんなに笑われたって、罵倒されたって。慣れてるし、何ともない。けどさ、けど……俺の事を好きだって言ってくれた女の子が、笑い者にされるのだけは耐えらんねえよ……』

泥に塗《まみ》れながらも、ただひたすらに。私のことだけを案じてくれていた。

だから、だから……今も、心を押し隠しているんだ。

私に心配をかけまいと、精一杯の笑顔で……！

彼が、何よりも恐れていたこと。そう、好きな女の子が、自分のせいで陰で笑い者になっていた、という事実に打ちのめされたまま！

「……何で、どうして」

「……え？」

「どうして、私なんかのために、そこまでしてくれるの!?」

「あ、朝比奈《あさひな》さん？」

「私は、あなたを騙《だま》していたんだよ？　それどころか、初めは嫌がってさえいたのに！　そんなズルくて卑しくて、薄汚い女の子を、どうして――」

『――から、さ』


……あ。

混乱する私の耳に、その声が聞こえた。

歪《ゆが》み、霞《かす》んだ視界の中に備前《びぜん》くんと伊達《だて》くんの姿が浮かび上がる。

彼らは、口を揃《そろ》えて、私にこう言ったのだ。

『あんたのことが、本当に好きだからさ』

「――あ」

『――俺、家族の話をしている若葉《わかば》さんが好きだよ』


脳裏に、これまでの彼の言動が、行動が。その一つ一つが蘇《よみがえ》ってくる。

それは、私に残酷な事実を叩《たた》きつけるに足りうる、愛《いと》しくて切なくて悲しい……晴斗《はると》との、思い出であった。

私を好きな気持ちが強すぎて、ちょっとやり過ぎた、と照れる彼。

家族を失っているのに、無神経な言葉を重ねていた私を許し、むしろもっと聞かせてほしいとねだった彼。

――そして。ああ、そして。


『そりゃ、勿論《もちろん》！　あーんな可愛《かわい》くて、とーっても優しい女の子が、俺の彼女なんだぜ？

そりゃ、不景気な顔になる筈《はず》ないって！　ぜーったい、彼女を――』

『──幸せに、してあげるんだ！』

「いやあああああああ!!」

「ど、どうしたんだ!?」

慌てたように、彼が手を伸ばして来るが、私はそれを払いのけた。

「やめて、もういいの！　これ以上、晴斗《はると》が私の為《ため》に何かをする必要なんてないの！」

「え、ちょ、一体、何を……？」

ああ、ああ！　気付いてしまった！　私が、一番恐れていたのは、何だったのかを！

それは、彼になじられることでも、彼に嫌われることでも、なかったんだ！

私の一番の罪は。悪夢にさえ出てこないほどに、何よりも恐れていたものは……

……この世で一番大好きなあの人の、幸せを奪う選択を、彼自身にさせてしまう事だったのだ。そう、私は心の何処《どこ》かで気付いていたのかもしれない。

彼が、ゲームの事を知ったとき、どんな行動を取るか……！

彼は、きっと微笑《ほほえ》みながら身を引くだろう。その心がどんなに悲鳴を上げようと、陰でどれほど傷付き、涙を流そうと……。

私に、心配を掛けさせまいと。それだけの為に我慢を、する。させて、しまう。

私のせいで、あのお日様のような笑顔はくもってしまう。

私が恋い焦がれた微笑みは――もう、二度と見れない。

「いやっ！　いや……っ！」

「あ、朝比奈《あさひな》さん!?　ちょ、落ち着いて！」

「私、何てことを！　なんて、ことを――」

ふらふらと、体が勝手に動き、彼からあとずさってゆく。

疲労した足は、やがてもつれ合い……

「あっ!?」

背中が、校舎の壁にぶつかった。

体制が崩れた拍子に、顔が横に背き……『ソレ』が目に入る。

薄汚れた窓に、私の顔が、くっきりと浮かび上がっていた。頬《ほお》はやつれてこけ、目には
クマが出来ている。血の気が失《う》せて、青ざめたその顔は、まるで死人のようだ。

とても、彼に見せられる姿じゃない。

そして、その醜い容貌が、すべてを物語っているように見えた。

「……ひっ」

――顔を背けたいのに、目が吸い付けられるように窓ガラスへと引き込まれ、動けない。

そして。ガラスの中の私の口元が、ゆるりと動く。

私がいちばん考えたくなかった事実を、突きつけるかのように。

声が、聞こえてきた。

——オマエ　ミタイナ　オンナ　ハ　カレニ　フサワシク　ナイ

「……う、あ」

——カレヲ　スキニ　ナル　シカク　ナンテ——

『ナ　イ』


「あああああ!!」

「朝比奈《あさひな》さん!?」

「め、なさい——」

「え……?」

「ごめんなさいごめんなさいごめんなさいごめんなさいごめんなさい……」

「ちょっ！　え、え!?」

「ごめんなさ——うっ！」

激しい頭痛と共に、視界の歪《ゆが》みが極限に達する。込み上げて来る嘔吐《おうと》感に耐え切れず、私は胃の中の物をぜんぶ地面へとぶちまけた。

「げぇっ！　ごほっ！　がは――」

「わ……若葉《わかば》っ⁉」

「ごめんな、ざ――がはっ！　げほっ！　ごめ……ごめんな――ごぼっ！」

ああ、だめ、だめだ。

ちゃんと、ごめんなさいをしなきゃいけないのに、どうして言葉が出てこないんだろう。

頭が、すごくおもい。胸が、とってもくるしい。

彼に対する罪悪感が、ふくれ、あがり――

「はる、と……ごめ、なさ――」

心が、砕け散った。

「しゃ、喋《しゃべ》っちゃ駄目だ！　落ち着いて！　落ち着くんだ！」

背中に、何かあたたかいものが触れる。

のろのろと顔を上げると、ぼやけた視界の中に、慌てふためく晴斗《はると》の姿が映し出された。

どうやら彼が、背中をなでてくれているみたい。

それが申し訳なくて申し訳なくて、再びうつむいてしまう。

吐き出した物は、胃液が殆《ほとん》どだ。そういえば、昨日のお昼から何も食べてなかったっけ。

彼に汚いものを見せなくて良かったなあ。

そんな事をぼんやりと思っているうちに、目の前が段々と薄暗くなっていることに気付く。手足から力が抜け、立っていることさえ難しい。

体が、ゆっくりと前のめりに傾いていき――

「ごめ、んなさ――」

――私は、汚泥の中に沈み込むようにして、倒れ込んだ。

「若葉《わかば》⁉ おい、若葉！ い、いやだ！ しっかりしてくれ！ お願いだから、目を覚ましてくれよぉ……！」

とおくから、かれのこえが きこえてくる。

「す、すぐに保健室に連れて、連れていくからっ！ あ、あああ……違う、俺は！ 俺は、ただ君に……っ！ 若葉に、ずっと笑っていてほしくて……っ！」

やがて、からだが、ふわりと。うかびあがったように かるくなる。

なにか、ひどくやわらかくて あたたかいものに だかれているような……

そんな、ここちよさが ぜんしんを つつみこんだ。

なぜだろう？ こころが、やすらぐような きがする。

そんな、ひさしぶりの あんしんかんに みを ゆだねながら――

わたしは いしきを てばなした

二

……まぶたが、重い。体もすごくだるくて、上手《うま》く動かすことができない。

ええと、私は今、どこにいるんだろう？　何をして、いたんだっけ？

全身の力を振り絞るようにして、何とか目を開く。

すると、そこに映ったのは——白い、天井だった。

意識がぼんやりとしたまま、はっきりとしない。手も足も、それに頭だってふわふわして頼りなく、まるで夢の中にいるみたい。

ああ、もうなんでもいいや。考えがまとまらない。

なんか、すごく疲れた。このまま、寝ちゃおう。そうだ、それがいい。

何もかも忘れて眠ってしまえば、楽になれるはず。

すべてを放棄するように、再び目を閉じようとした、その時だった。

「先生！　若葉は……若葉は、大丈夫なんですか!?」

——一瞬で、目がさめた。

切羽詰まったような、叫び声。それが誰か、なんて考えるまでもない。

私が好きだった人。私を、好きでいてくれた人。

私の彼氏だった……『あの人』の、声。

思い出した。ああ、そうか……私は、彼の前で意識を失って……

わずかに頭を動かすと、カーテンの隙間から、彼の――晴斗《はると》の姿が見えた。

誰かと、話をしているみたい。その横顔は紅潮し、目元に涙が膨らんでいる。

「ど、どうなんですか！　酷《ひど》い病気とかじゃ……！　きゅ、救急車を呼びますか⁉」

「落ち着きなさい、入間《いるま》くん。見た所、命に別状はありませんよ。恐らく、疲労と緊張で意識を失っているだけでしょう。じきに目を覚ますと思いますよ」

柔らかな、大人の男性の声。風に揺れて、白衣のような物が視界にちらついた。

「ほ、本当っすね⁉　良かった、良かった……！」

晴斗と話してるのは、保険室の先生のようだ。私も膝をすりむいた時に、お世話になったことがある。あれ、だとしたら、ここは……？

「先生、ありがとうございます！」

「いえいえ、これが私の務めですからねえ。ただ……彼女は何か、精神的なショックを受けたように見えます。いえ、それだけじゃあない。全身の筋肉、特に足の疲労が凄《すご》い。肉離れを起こしかけていますよ。こんなになるまで体を酷使するなんて、いったい何があったんです？」

「そ、それは……俺が……俺が……っ」

晴斗が、痛い所を突かれたように、言いよどむ。その声には、後悔のようなものが滲《にじ》んでいるように聞こえた。そんなの、あなたが感じる必要はないのに。

「……失礼しました。それは、私が聞くべき事ではなかったようですねえ」

ぽん、ぽん、と。震える晴斗の肩を、先生が優しく叩《たた》く。

「ともかく、今は安静にしている事です。もう少し様子を見るべきですが、場合によっては病院に搬送するかどうかも考えましょう。さ、君も教室に戻りなさい。そろそろ授業が始まりますよ」

「先生。俺、この子が目を覚ますまで、傍《そば》にいたいんです……。若葉《わかば》が目を開けたら、すぐに出て行きますから。だから、それまで……！」

「入間、くん……」

先生の声が、戸惑うように掠《かす》れる。

「……わかりました。担任の先生には、私から言っておきましょう」

落ち着いた、ゆっくりとした口調。晴斗に語り掛ける先生の言葉は、どこまでも優しかった。

「ありがとう、ございます……！」

「ふふ、いやはや青春というものですかねえ。私も若い頃は、こう、燃えるような恋に身を焦がしたもの——うん？」

プルルルル、と。電子音が室内に響き渡る。

「はい、保健室です。え？　ええ、はい、はい。それは大変ですね。ええ、大丈夫です。すぐに向かいますので、そのまま動かさずに。はい。それでは失礼します」

「……先生？」

「すみません。武道場の方で、剣道部の子が怪我《けが》をしてしまったようです。少し、ここを離れますので、何かあったら専用携帯に電話をしてください。番号はわかりますね？」

「だ、大丈夫です！　若葉《わかば》は、俺が見てますんで！」

ガタガタと音が聞こえる。救急箱か何かを出しているのかもしれない。

やがて、目的の物がみつかったのか、足音と共に、扉が開く音が聞こえ——

「……入間《いるま》くん。何があったかは聞きません。ただ、これだけは言わせてください。人の心というものは時として、ひどくもろく、か弱くなってしまうものなのです。特にあなた達《たち》のような年頃の子達は、大人と子供の真ん中にいる。他人から見れば、大した事でなくとも、その何気ない一言に傷付き、悩んでしまう。入間くんのように強い子ならば、それをバネに成長することも容易《たやす》いでしょう。しかし、そうでない子もいる。当たり前のことですがね」

そっと、諭すような……先生の声。それは、何故《なぜ》かひどく耳に響いた。

「私達教師は、あくまで生徒達への補助しかできないんです。あなた達の心まで救えるなど、おこがましいことは言えません。この三年間をどう過ごし、何を糧にするか。それは結局、本人と、そしてその周りのクラスメイトや友達が選ぶしかない。本当の意味で教師に心を開く子なんて、そうそういやしませんよ。イジメに非行、それは我々が無力であるがゆえに起こるのです。だから、学んで、自衛なさい。大切にしたい、と思える女の子がいるなら、なおさらです。……私の言っている意味が、あなたならわかりますね？」

「はい……はい……！」

「結構。後悔だけはしないようにね、入間くん」

顔は見えないのに、何故か先生が微笑《ほほえ》んだように感じた。

その言葉を最後に、足音が遠ざかっていく。

部屋の中が、しんと静まり、後には……私と、晴斗《はると》だけが残された。

ベッドからそっと身を起こし、カーテンに手をかける。その隙間から、頭を抱える彼のうしろ姿が見えた。先ほどの会話から想像は付いていたけど、晴斗はひどく思いつめているみたいだ。ああ、どこまで私は彼に迷惑をかければ気が済むんだろう……

それで、最後の決心が固まった。

もう、諦めよう。全て、終わりにしなきゃいけない。

これ以上、彼が苦しんでいる姿を見るのは……耐えられそうに、なかったから。

彼に、さよならを言わなきゃいけない。そうして、七瀬《ななせ》さん達にもキッパリと自分の意志を伝えるんだ。もう、『ゲーム』に参加するつもりはない、って。

コンパクトの弁償は、私がバイトをしてでも払おう。何なら、学校を辞めて働いたっていい。それで、少しでも彼への償いになるのなら……。

虚《うつ》ろになり、呆《ほう》けた心を抱えたまま、カーテンを押し開く。

「晴斗《はると》……」

「わ、若葉《わかば》!? 目を覚ましたのか!」

ひりつき、痛む喉から零《こぼ》れた声は、酷《ひど》くか細い物だった。けれど、晴斗の耳には届いたらしい。首が折れ曲がるのでは、と思うほどの勢いでこちらを振り向くと、一目散に駆け寄って来る。

「はい……ごめんなさい。迷惑を、かけて……」

「ま、まだ起きちゃ駄目だって! 若葉は疲れてるんだよ。さ、ほら。もう少し、休んだ方が——」

……やす、む?

「あは、あははは……そんな必要ないよ。こんな体、どうなったって良いんだから」

「若葉……? な、何を言ってるんだよ?」

「あは、こんな私のこと、まだ気遣ってくれるの? やっぱり、晴斗は優しいね」

本当に、私にはもったいないくらい、素敵な男の子だ。

「あはは、あは……もう、良いの。もう、私みたいな女は、放っておいて」

そうだ、私にはもう、彼の傍《そば》にいる資格なんてないんだ。ここで、キッパリと言わなくちゃ。そうして……そう、して——

わかれ、なきゃ、いけない。

ぎゅっ、と。拳を握りしめた。

「もう、会うのもこれっきりにしましょう。元々、私達《たち》が出会ったこと自体、間違ってたんです。私が、あんな馬鹿な『ゲーム』に参加しなければ、こんな大騒ぎにはならなかったのに」

意識して口調を変える。元に戻す。彼と会う前の私に。彼を好きになる前の、私に。

そうして、すべて……なかったことにするんだ。

晴斗が好きだと言ってくれた『私』なんて、最初からいなかった、って。

だから、私のことなんてもう、忘れた方がいいんだ、って。

そう、教えてあげなくちゃ、いけない。

「そ、そんな……ま、待ってくれよ！　俺の話を、聞いて——」

今にも泣きそうな声を出し、すがるように晴斗がこちらへ手を伸ばす。その姿があまりにも痛々しくて、苦しくて。私はそっと顔を伏せた。

——ごめんなさい、ショックだったよね。

私がこんなことを言い出すだなんて、思ってもいなかっただろうから。

晴斗《はると》の中の『朝比奈若葉《あさひなわかば》』という女の子は、きっと優しくて可愛《かわい》らしくて、人をだましたり、傷付けたりしない、素敵な子なんだろうな。

……本当の私とは、大違いだ。

「あなたの事なんて、本当は好きでもなんでもなかったんです。ただ、脅されていたから、彼氏彼女を続けていただけ。そこに、恋愛感情なんてありません」

彼の顔は見ない。きっと、悲しませてしまっただろうから。

だから、私は精一杯の嘘《うそ》をつく。今までさんざん、彼をだましてきたのだ。きっと、出来ると思った。

「もう、あなたと話すのも辛《つら》いんです。だ、だから……」

声が震えそうになる。爪が皮を破り、手のひらに血が滲《にじ》んだ。

「さようなら……入間《いるま》、くん」

静寂が、周囲に満ちてゆく。彼も、私も……それ以上、言葉が出ない。

これで、いいんだ。これで、よかったんだ……

胸にぽっかりと空いた穴。じくじくと痛むそれを見ないふりして、私はベッドから起き上がる。そうして、うつむく彼の横を——

「……」

——通り、過ぎた。

保健室のドアに向かって手を伸ばす。さあ、教室に行こう。これで、全てが終わる。

この馬鹿げたゲームも。そして——私の、恋も。

「ク、ククク……」

「えっ」

戸に掛けた指がびくり、と震えた。

「ハ、ハハハハ……」

突然、背後から奇妙な笑い声が響く。思わず、そちらを振り返ると……

「プ、プププ……プギャーハッハッハ！　こりゃ、傑作だ！」

「は、晴斗……？」

大きなお腹《なか》を抱えて、晴斗が笑っている。気でも触れてしまったのか、と思うくらいの大爆笑だ。え、え？　ど、どうしちゃったの？

こんな反応は予想してない。私はただただ、呆然《ぼうぜん》とその姿に見入って——

「——なあ！」

「ひゃっ⁉」

ドン、と。大きな音が鳴り響く。晴斗《はると》がテーブルに拳を叩《たた》きつけたのだ。その顔にはもう、笑みはない。目は吊《つ》り上《あ》がり、表情は強張《こわば》っている。

「言うだけ言って、サヨナラポイ、ですかい？　そりゃあ勝手が過ぎませんかねえ！」

「え、え？　晴斗……？」

「何だよ、何だよ！　あれやらこれやら、好き勝手に言いたいほーだい、言いやがって！　そのくせこっちの話は聞く気ゼロとか！　俺の事を馬鹿にしてんのか⁉」

「そ、そんな！　ち、ちが――」

「『さようなら……入間《いるま》くん……』とか！　ブホッ！」

憤怒の表情から一転、再び彼は笑い出す。そればかりか、こちらを指さしたあげく、バーカ、バーカと両手でテーブルを叩き、小学生みたいな煽《あお》りをかましてきた！

え、なに⁉　い、いきなりなにを言い出すの⁉

戸惑う私を、彼はさらに笑い飛ばした。

「だいったいさあ、ここでサヨナラバイバイして、後はどうするつもりなんだよ。ああ、いや、聞かんでもわかる。わかるともさ、若葉《わかば》のことだし。どーせ、考えなしに口走ったんだろ？　呆《あき》れて物も言えねえや！　ブハハハハ！」

「なー！」

ひどい！　私だって、あれだけ悩んで、苦しんだのに！　そんな言い方しなくてもいいじゃない！

「わ、私だって！　私だって、こんなのしたくないもん！　けど、これ以外にどうしろって言うのよ！　バカ！　バカ晴斗っ！」

敬語も何もかも、頭から吹っ飛んでいた。

ただひたすらに、溜《た》めに溜《た》め込《こ》んでいたうっぷんを、自分勝手に吐き出していく。

「晴斗にも、備前《びぜん》くんにも、辛《つら》い思いをさせちゃった！　か、家族にだってひどい事を言っちゃったのよ!?　もう、もうどうしようもないの！　だから、だから――」

「は？　おま、そんなことまで、しちまったのかよ」

晴斗が呆れたような声をだした。

ご丁寧に肩をすくめ、やれやれと手のひらまで裏返す。

「ったく、しょうがないお嬢さまだこと。自分に酔うだけ酔いやがって。その結果がそれかよ。ほんっと、悲劇のヒロイン様は手に負えねえなあ！」

「……っの！」

「はっ、怒ったのかよ？　だがな、そりゃこっちも同じだっつうの！」

百面相のように、コロコロと彼の表情が変わる。晴斗は再び笑みを引っ込めると、こちらをギロリと睨《にら》み付《つ》けてきた。

「こっちだって本当はな？　だまされた事を怒ってないわけがねぇだろ！　これから、あーんなことも、こーんなことも……たっぷりねっぷりしようと思ってたのに！」

「え、えええええ!?」

手をわきわきさせながら、晴斗《はると》が怒鳴る。

なに!? あんなことや、こんなことって!? ちょ、その手の動き、やめて！

「大体、若葉《わかば》はいっつもいっつも、ガードが固すぎるんだよ！ いくら『ゲーム』だから、つってもだ、あんなにベタベタベタベタ引っ付いてくるくせに、キスの一つもさせやしねえ！」

「え、へ、ふえ？」

「青少年の迸《ほとばし》るパトスを舐《な》めとんのか！ いっつも悶《もだ》え苦しんでたんだかんな！ ああ、もう！ おっぱいくらい揉《も》ませてくれても、バチ当たんねえだろうに！」

がーん、とショックを受ける。そ、そんな！ いつも、そんなこと考えてたの!?

デートの時も、ご飯を食べてる時も！ 私といる時は、ずっと!? 信じられない！

「ひ、人が黙ってたら、なんちゅうことを言うのよ！ この、変態メタボ！ エロ饅頭《まんじゅう》！」

「メ、メタボじゃねえし！ ぽっちゃりなだけだし！」

「同じだよ！」

もう、もう！ なによ、なによ！ 勝手なことばっかり言って！

こっちだってねえ、そーゆーことは、いろいろ考えてたのに！

ていうか、キスくらい、少しくらい強引にでもやっちゃいなよ！　ちょっといいムードを作った時も、照れて誤魔化《ごまか》して引いちゃったの、そっちじゃない！　私、あんとき少しへこんだんだよ！　女の子としての魅力がないのかな、って！

なのに、そんな風に思ってたなんて、わかるかっ！　このヘタレがっ！

それに私、知ってるんだからね！

「そっちだって、私に隠れて……え、えっちなゲームとかやってるくせに！　このアホ！おバカ！　いっつもニヤニヤニヤニヤ、鬱陶しいったらありゃしない！」

そうだ、そっちがそう言うのなら、こっちだって言いたい事はあるんだから！

「あー、もう！　私だってねえ！　怒る時は怒るのよ！　まだまだ言い足りないくらいだし！　この間のデートだって――」

「……」

そこで。

「ああ……」

ふっ、と。息をはき、晴斗が頬《ほお》をゆるめた。

「……やっと、いつもの若葉に戻ったなあ」

「――え？」

今までの煽《あお》り口調とは違う、晴斗の穏やかな声が耳に染み込んでいく。

そこで、私は気付いた。

彼の顔に浮かんでいるのは、いつもどおりの優しい笑顔。そこに、さっきまで私をなじっていた、あの激しさといやらしさはどこにもない。

まるで、狐《きつね》につままれたような気分だった。

「あ……」

ま、まさか……さっきまでのはぜんぶ、演技？　私を、安心させるための……

「若葉《わかば》はさ、何でもかんでも溜《た》め込《こ》みすぎなんだって。どっかでこうしてガス抜きしなくちゃ、壊れちゃうよ。ほら、前にも一度あったろ。同じ手に引っ掛かるんだから、本当にしょうがねえなあ」

「はる、と……」

「ま、安心してくれよ。今までのは冗談だからさ。……半分は」

……半分は？

「ったく、人の話を最後まで聞かないのは良くないぞ。肝心なことを話す前にどっかに行かれたら、たまんないよ」

肝心な、こと？　でも……

「もう、話すことなんて――」

「それが、あるんだなあ？　若葉、手を出してみ」

「……え？　一体、何を——って、え？　こ、これって……」

「はは、ちょっと早いクリスマスプレゼントってね」

そう言って、彼は得意そうに笑った。私の手の中にはコンパクトが一つ。桜色の紋様が光を反射し、鮮やかにきらめている。

そう、このコンパクトは。紛《まぎ》れもなく——

「ま、間違いない……これは、あの時のコンパクト、だ」

私が割ってしまったはずの、あの。慌てて中を開いてみるが、傷一つ無い。新品だ。

でも、どうして彼がこれを？　確か、七瀬《なせ》さんは外国のブランド品だって——

「あ、ちなみにこれ、ブランド品でも何でもねえから。道端でこれを売ってたオッサンから千円で買った安物だよ」

——って、えええええええ!?

「というか、そのオッサンていうのが店長だったんだけどな！　ほら、あのプラモ屋の。あの人、昔は道端で手作りアクセとか売ってたらしく、今でも時々変装して、路上販売とかしてるんだとよ。全く、最初からそう言ってくれりゃあ、皆にも面倒かけなくてすんだのに……！」

「ど、どういうことなの!?　プラモ屋の店長さんの手作り？　え、安物って……！」

そういえば、店長さんに初めて会った時も、コンパクトみたいな小物を首にぶら下げて

いたけど……まさか！　嘘《うそ》でしょう⁉

「ああ、あんの性悪女ども、こんな安物をブランド品だとかデマこいて、若葉《わかば》を騙《だま》したんだよ！　ったく、とんでもねえ奴等《やつら》だ！」

「そ、そんな⁉　それって、本当なの⁉」

「マジマジ！　ていうか、疑いもしなかったん？　罠《わな》にはまった、くらいは気付いてたんだろ？　だったらさ、そんなお高いものをだよ、わざわざ壊すわけねえって思わね？　もったいないし」

――う。い、言われてみればそのとおり、かも。

「……だから、騙されやすくて心配なんだよ、若葉は」

まあ、そこが好きなんだけどね。そんなことを言いながら、晴斗《はると》が肩をすくめた。

「で、でも！　どうして、その事を――」

「それは、ごくごく単純な理由だよ。俺には、頼りになる連中がいた、ってこと。それだけさ」

ニヤリ、と。本当に嬉《うれ》しそうに晴斗が笑う。

「そう、溢《あふ》れ出る友情パウワーが、奇跡を起こしたってわけだ！　……うん、俺自身の力はどうした、とか言っちゃ駄目だかんね？」

「あ、じゃ、じゃあ……？」

「そう、これで若葉は無罪放免ってわけ！　最大の懸念はお空の彼方《かなた》、成層圏の果てまで吹っ飛んでいっちまったのさ」

あ──

「これで肩の荷が下りたろ？　ほいじゃ、これからの具体的な行動を話し合おうぜ」

あ、あ──

「いくら『ゲーム』を終わらせられるからって、今辞めたら、若葉がまーたイジメの標的になっちまうだろ？　正直、物理に物を言わせてぶちのめしたいけど、それやったらおしまいだし。そこで、晴斗君は考えました！」

彼は、笑顔で「作戦」を語る。それは、どこまでいっても──

「まず、『ゲーム』をなるべく長引かせるんだよ。デートとかは、口実付けて当日キャンセルにしたりして、さ。そいで、昼休みとかの空いた時間は、なるべくウチのクラスで過ごす。ウソ吐《つ》いた手前、居づらいかもしれないけど、委員長たちも承知の上だし。一度詫《わ》びを入れれば大丈夫さ。そうやって、あのイジメっ子共が飽きるのを待つ！　ああいう奴等は、案外飽きっぽいから。何だかんだで、そのうちどうでもよくなってくるんだよ。それで、クラス替えまで凌《しの》ごう！」

──私の、ため。

「後は、先生──学年主任の岩崎《いわさき》センセがいいかな？──に事実をそれとなく匂わせておけば、アイツ等《ら》と一緒のクラスにしようなんて思わねえって。イジメ問題とか、ティーチャー達《たち》は何よりも嫌うしねぇ。なんなら、ハッキリ言っちまったっていい」

だから、安心して欲しいと。彼は、笑う。

「俺は、何があっても――若葉《わかば》の、味方だよ」

「――！」

彼も、やっぱり……嘘《うそ》つきだ。だって、その笑顔を作るのだって、本当に辛《つら》そうなのに。

全部、押し込めて。私の、私の為《ため》に……！

ダメだ。やっぱり、私はどうしようもなく、晴斗《はると》の事が好き。彼を、あきらめる事なんて出来ない。

でも、私には彼を好きになる資格は――ない。

私は、どうしたらいいんだろう？　こんなにも、私なんかのために。一生懸命になってくれた彼に……一体、何を返してあげればいいんだろう。

それに――それに。このまま、彼におんぶに抱っこのまま、イジメまで解決してもらって……それで、本当に良いの？

『本当はね、こんなんじゃ良くないって思ってるの。私も、このままレンに頼りっぱなしで良いのかなって考えちゃって』

「あ……」

脳裏に、遥《はるか》ちゃんとの会話が蘇《よみがえ》る。公園のベンチでうつむきながらも、勇気を持って言い放った、幼い少女の決意。

それは、どこか優しく穏やかでありながら、まるで、今の私に言い聞かせるような……そんな、厳しさが含まれた言葉だった。


『ねえ……お姉ちゃんにとっての、レンはだあれ？』


そっと、目を閉じる。

あの子の強さの、十分の一でもいい。

ほんの少しだけ、私に『それ』を分けて欲しい。

自分の意志で、その決意を告げる為に。この弱い心を奮い立たせるために。

今、この時だけでも——私に、勇気をちょうだい。

「そいで、そいで——」

「晴斗」

「……え？」

「ありがとう。私のために、そこまで考えてくれて。でもね、やっぱりそれは駄目だよ。私は、あなたを騙《だま》したの。ウソの上に成り立っている、そんな『ゲーム』をこれ以上続けちゃいけない。絶対に」

「で、でも！　それじゃあ、若葉《わかば》が！」

焦《あせ》った顔をする彼を見ると、心が痛むが……これだけは、ゆずれない。

あやまちは、正すべきなんだ。

「ううん、その代わりになる、もっと良い方法があるの。これさえ出来れば、私はもう大丈夫。でも、その為《ため》には、晴斗《はると》の協力が必要になるんだけど……いい？」

「べ、別の方法？　もし、そんな方法があるんなら、協力は惜しまないけど……」

「……ありがとう。じゃあ、内容を話すから、もっとこっちに――来て？」

「ほいほい、お安い御用ですたい」

彼が、私の『秘策』を聞こうと、顔をすぐ近くまで寄せてきた。

さあ、ここが正念場だ。

ほんの少しの、ちっぽけな私の勇気を――今、ここに振り絞ろう！

「一体、別の方法って、どんな――」

両手を、後ろ手に組み。

「それは、ね――」

耳を近づけようとする彼の顔に、唇を寄せて。

「――ウソが駄目なら、本当にしちゃえばいいのよ」

晴斗が目を見開き、ぽかん、と口を開けた。大きな体が、凍り付いたように固まっている。やがて、その頬《ほお》が、見る見るうちに真っ赤に染まってゆく。

私は、先ほど彼のそれに押し当てた唇をなぞり、いつかのように、ペロリ、と舌を出した。あの、夕焼けの日の再現。違っているのは、私の気持ちの高まりと、口づけた場所、だけ。

「なにじはあせγあいjにう……」

人類に解読不可能な言語を口にしながら、わたわたと慌てる彼がとても可愛《かわい》らしい。

「さっきの、お返し！　ほら、晴斗だって同じ手に引っ掛かってるじゃない？」

「だだだって！　んが、んぐっぐ！」

そんなにショックだったんだろうか。晴斗は、未《いま》だに混乱から復活する様子がない。

私は、その頬に手を当てて、目線を交わらせる。

「私は、あなたに酷《ひど》いことをしていたの。それは、決して消えない私の罪」

「わ、若葉……」

「信じて、もらえないかもしれない。また嘘《うそ》だろうって言われても、しょうがない」

でも、でも――

「もし、許してくれるなら。私の言葉を聞いて……欲しい、の」

眦《まなじり》から、涙が零《こぼ》れる。声が、震えそうになる。でも、ここで逃げちゃだめだ。

決意を後押しするように、私は大きく息を吸い込んだ。


――入間《いるま》、晴斗《はると》くん……

「あなたが、好きです。もう一度、私と付き合って……くだ、さい……」


「わか、ば――っ」

彼の瞳からも、透明の滴が流れ落ちて行く。

「だ、め……？」

「そんなことない、そんなことないよ！」

そうして、晴斗の腕が。私の両肩を、そっとつかんだ。

「俺も、若葉《わかば》が好きだ……！　ずっと、一緒にいて、ください……！」

「……はい」

　そうして、私達《たち》はどちらからともなく目を閉じて。

　──唇が、そっと触れ合った。

「ぷは……っ！　ああ、夢じゃないだろうか……！　最高、最高すぎる！　人生、初のキス──感無量とは、このことだ！　ああ、唇に残る仄《ほの》かな温《ぬく》もりが、もう！」

「うう、言わないでぇ……！　恥ずかしいよぅ……」

　顔が火照《ほて》って仕方がない。今更ながら、かなり大胆な事をしてしまった気がする。

……もちろん、後悔はしてないけれど。

「若葉《わかば》。これで俺達は、晴れて正真正銘の彼氏彼女だよな？」

「う、うん……」

「うっしゃ！　じゃあ、最後の仕上げといきますか！」

「え？　仕上げって、何を？」

　訝《いぶか》しむ私に向かって、晴斗《はると》が手を伸ばす。

「うりゃっ！」

「ひゃあっ⁉」

　掛け声とともに、私の体が抱きしめられる。いきなりの肉体的接触に、全く反応ができなかった。え、え⁉　なになになに⁉

「にゃ、にゃにを──って、はっ⁉」

ま、まさか！　こ、こここで、ヤっちゃうの⁉

大人の階段を、七段飛ばしくらいで駆け上がっちゃう⁉

「さ、流石《さすが》にそれは、早いんじゃ……！　こ、ここ保健室だしっ！　そ、その、こういうのはもっとムードとかそういう……」

「ウッシッシッシ……若葉ぁ」

「ひゃ、ひゃい！」

こうなったら、もう！　覚悟を決めるしか⁉　よし、行く所まで、行っちゃおう！

彼の、無駄にいやらしい笑顔を見て、私の鼓動も否応《いやおう》なしに高まってゆく。

ドギマギする私に向かって、再び彼が腕を伸ばし――

「……え？」

――私の頭に、その手を乗せた。

「もう、我慢する必要はないんだ」

「――あ」

「今までずっと、ずっと……耐えてきたんだろ？　どんなに悲しいことがあっても、辛《つら》い目にあっても……その体に、心に。押し込めてきちゃったはずだ」

でも、もういいんだよ。そう言って、彼が微笑《ほほえ》む。

「もう、何も心配する必要なんてないよ。苦しかったら、辛かったら、俺達に言うといい。

一人で悩むのは、もうおしまい！」

「あ……あ……」

「だから——もう、おもいっきり泣いて、いいんだよ」

「あ——ああああああああああ!!」

目の前が、真っ白になった。

——晴斗《はると》、晴斗、晴斗！

無我夢中で彼にしがみつき、その胸に顔を擦り付ける。

「辛《つら》かったの！　苦しかったの！　も、もう心がバラバラになったみたいに……痛くて！

あ、頭もおかしくなりそうで！」

胸に押し込めていた全ての感情が溢《あふ》れ出して、止まらない。

もう、心を抑える必要はない。一人で抱え込むことはないんだと。

そう、彼が言ってくれた。ずっと私が欲しかった、その言葉を……

「ひっく、か、家族にも、ひ、酷《ひど》いことを言って！　も、もう私の居場所なんてどこにもないって、ひっく、うあああん！　ごめんなさい！　ごめんなさぃぃぃ！　うあああ
ああ！　うわあああああああん！」

「よく、頑張ったなあ……若葉《わかば》は、えらいよ」

「晴斗、はるとぉぉぉっぉ！」

涙が、止まらなかった。どこに、これだけの量が貯《た》まっていたのか、自分でも信じられないくらい。

背中をさする、愛《いと》しいあの人の優しさに抱かれて……

私は、この学校に入ってから——ううん、物心ついてから、初めて。

思うままに、大声を上げて泣き続けた。

……泣いて、泣き続けて。そうして、どれくらい経《た》っただろう？

体中の水分を出し切っちゃうんじゃないか、ってくらい涙を流し終わり、ようやく気持ちが落ち着いてきた。

そうすると、当然。次に襲い掛かってくるのは、猛烈な恥ずかしさだ。

さんざん迷惑かけた上に、子供みたいに泣きわめいて、すがりついて。おまけに抱きしめてもらって……うん、ちょっとこれ、どうなんだろう？

晴斗、呆《あき》れてないかな？　うっとうしくて、面倒な女の子だと思われてないよね⁉

ああ、そういえば！　私、吐いちゃってから口をゆすいでない！　先生、口とか拭いてくれたのかな⁉　そのままキスとかしちゃったよ⁉　ファ、ファーストキスだったのに！

あとになって、『あの時さあ、酸っぱい味がしたよ』とか言われちゃったらどうしよう⁉

あわわ、違う意味で、体が震えてきた……！

「若葉《わかば》？　大丈夫？　体、つらいのか？　なんなら、少し横になった方が……」

つらいのは、あなたの優しさです。

「だ、だいじょう……ぶ。ちょっとね、あのね。自分のやらかし具合にへこんじゃったっていうか……ほ、本当にごめんね？　もう平気だから。すぐ、離れ──」

ああ、でも。晴斗《はると》の体、ぷにぷにと柔らかくてあったかいし。このまま抱っことか、されてたいかなあっていう甘えがむくむくと……こう。

ちらり、と上目遣いに彼を見る。心配そうに眉をひそめ、目を細めているけれど、そのふっくらとした頬《ほお》は、ほんのりと赤い。

私は、晴斗の顔を見つめたまま、その胸元に頬をすり寄せた。

「わ、わか……ば？」

彼の体が、ぎくりと固まった。

心なしか、その呼吸が荒くなってきている気さえする。

それを見ているうちに、さっきまでの葛藤が、どこかに吹き飛んでしまった。

恥ずかしいという気持ちよりも、晴斗の優しさに包まれていたい気持ちの方が強くなってゆく。

「晴斗……」

おねだりするように、そっと、目を閉じる。

もう、いいや。二回もキスしちゃったんだし。お口のお手入れをするのは、次回以降にしよう。そうしよう。

晴斗のものだろう吐息が、額に吹きかかる。興奮、してくれてるのかな。ちょっぴりこわいけど、それがたまらなくうれしい。

少し、迷ったような間が空いたあと、さらに荒々しくなった息が、私の顔をくすぐる。まぶたを通り、鼻筋を過ぎ、そして、唇へと——


「——ひぃぃぃぃぃぃぃ!!?」


ひゃっ!?　ななななな、なになに何!?

突然、どこからか、甲高い叫び声が響き渡った。

晴斗と顔を見合わせ、二人揃《そろ》って首を傾《かし》げる。

けれど、なんだろう?　今の声、聞き覚えがあるような気が……

晴斗の手を借りてベッドから降りると、そろそろと扉の方へと近づいてゆく。

そのまま、おそるおそるドアを開けて見ると——

「——え?」

廊下の向こう。二人の女生徒が、わき目もふらずに走り去ってゆくのが見えた。

「七瀬《ななせ》さんと……取巻《とりまき》、さん？」

後ろ姿をチラっと見ただけだが、見間違いではないと思う。

何故《なぜ》なら、その『証拠』が私の足元を這《は》いずり回《まわ》っているからだ。ずるずると。

「ま、待ってぇ……置いてかないでぇ……！」

「しょ、東海林《しょうじ》さん……!? な、なんでそんな恰好《かっこう》をしてるの？」

彼女の可愛《かわい》らしい顔は、涙と鼻水でぐしゃぐしゃだ。まるで見る影もない。

ワサワサと両手を必死に動かし、前へ前へと進もうとしているようだけど……ええと、七瀬さん達《たち》の後を追いかけようとしている、のかな？ ひょっとして。

「あ、あの？ いったい、何が……？」

あまりの惨状に思考がフリーズする。まるでわけがわからない。

それでも、目の前の光景は無残過ぎて、放って置けなかった。少なくとも、お年頃の女の子がしていい恰好じゃない。まくれ上がったスカートとか、色々と。

彼女達が私にした仕打ちを差っ引いても、これを放置するのは人としてどうなんだろうと、そう思う。

けれど、私が何か声をかけるより早く、その細い首が、横合いからひょいっと掴《つか》まれた。

「え、伊達《だて》くん……？」

「すまんな、朝比奈《あさひな》。それにお前ら。このアホが迷惑かけたようで」

いつの間に、現れたのだろうか。伊達くんが、暴れもがく東海林さんをつまみあげ、億劫《おっくう》そうに頭を下げた。

「……行くぞ。とりあえずお前だけでも、ウチの連中に伏して詫《わ》びろ」

「やだぁぁぁ！　私、悪くないもん！」

「まずは、その性根を叩《たた》き直すところから始めんといかんか。ったく、仕方のねえ奴《やつ》だ」

東海林さんも必死に抵抗し、泣いてわめくが、力では全く敵《かな》わない。ドナドナよろしく、強制連行されてゆく。妙に手慣れたその動作に、口を挟む暇すらなかった。

え、どういうことなの。二人は、知り合いだった、とか？

「ああ、そういえば若葉《わかば》のクラスに昔馴染《むかしなじ》みがいるとか言ってたな。なるほど、あのちんちくりんが、そうなのか。伊達も苦労するなあ。ああいうのを見ると、俺は恵まれていると実感するよ」

引きずられ、廊下の向こうに消えてゆく東海林さん。その姿を見ながら、晴斗《はると》がしみじみと呟《つぶや》いた。そうか、昨日。屋上で備前《びぜん》くんが言ってた伊達くんの『幼馴染み』って、彼女のことだったんだ。

うん、それもそれで驚きだけど、それよりも気になるのは――

「というか、七瀬さん達が逃げるみたいに駆け出していったのも、もしかして伊達くんが

「……？」

「いんや。それは、そっちのお節介共がやったんだろうよ」

そうだろ？　と晴斗《はると》が顎をしゃくる。釣られてそちらを見ると、そこには保健室の角に隠れるようにしてたたずむ、二人の男子生徒の姿があった。

「波川《なみかわ》くん、それに……備前《びぜん》、くん!?」

私の声に応えるように、二人はこくり、と頷《うなず》いてくれた。波川くんは笑顔で、備前くんは、どこか気まずそうに。それを見て、晴斗がやれやれ、と首をすくめる。

「ちぇっ、俺が格好良くこう、バーンとシメてやりたかったのによ。見せ場を持っていかれちまったな」

「いやあ、僕らは特に何も？　お見舞いに行く途中、何故《なぜ》か偶然、彼女達《たち》と鉢合わせしちゃってさ。いい機会だから、少し『お話』をさせてもらっただけだよ。うん、それだけ。そうだよね、亮一《りょういち》君？」

「まあ、そうだな。イジメなんぞをやりやがる癖に、やわいメンタルした女どもだったぜ。少し世間話をしたら、尻尾を巻いて逃げやがった。自分たちがやり返されたらどうなるか、その程度の想像力も覚悟もねえくせに、うすぎたねえ真似《まね》してんじゃねえよ、ったく」

ど、どういうこと？　二人の言ってる意味がさっぱり分からない。え、七瀬《ななせ》さん達に波川くん達が何かした、の……？

ぽかん、とする私を見かねてか、晴斗《はると》が補足してくれた。

「あれだよ、ほら。あいつら、若葉《わかば》が倒れたってんでちょっかいかけに来たんだろ？」

「どっちかというと、心配になった、が正しいのかもね」

「あぁ？　どういうこったよ、それ。んな事を気にするような連中か？」

「表面上は優等生で通ってるみたいだからねえ。教師受けもいいらしいし。彼女らにしてみれば、イジメなんてやってる意識はないよ。お遊びさ。ゲーム、なんて言い方からでもわかるだろう？　だから、行き着く所まで行くなんて思いもしない。でもほら、朝比奈《あさひな》さんは追いつめられ、傍《はた》から見ても異常なくらい、教室で取り乱したんでしょ？」

「え、ええ……そういえば、そうだった、かも」

昨日の放課後、七瀬《ななせ》さんに掴《つか》みかかろうとした時の事を思い出す。

確かに、あの時の私はどうかしてた。焦《あせ》りと恐怖と絶望で、完全に暴走していた。

七瀬さん達も相当に焦ってたみたいだし、様子が変だと勘ぐってもおかしくな——

……って、あれ？　なんで、その事を波川《なみかわ》くんが知ってるの？

「その原因が誰か、なんて調べればすぐわかる。証人だっているしね。もし、朝比奈さんが最悪、自殺でもしたらどうなるか。まあ、自分達に責任が飛びかかるかも、くらいのことは思ってもおかしくないだろうね。だから、口止めも含めて様子を見ようと、ここにやってきたんじゃないかな？」

私の疑問をスルーしたまま、波川《なみかわ》くんがそう説明してくれる。

「んで、待ち構えていた亮一《りょういち》たちに追い払われた、と。そりゃショックだったろうな。お前ら、手加減なんてしないだろうし。少しだけ、アイツ等《ら》に同情するよ」

そう言いながら、晴斗がひょいっと手を伸ばす。その指先が、波川くんの右手にぶら下げられていた何か――ファイル？　みたいなものに触れる。

初めから見せるつもりだったのか、特に抵抗もなくファイルは手離され、晴斗の手元に収まった。

「何だこりゃ？　名前がズラッと……これ、ウチの学校の生徒か？」

「あれ、これ……私のクラスの人達《たち》だよ。矢島《やじま》さんに、堀井《ほりい》さん、三田《みた》くん……うん、間違いないと思う。七瀬さんや東海林《しょうじ》さんの名前はないみたいだけど……」

横から覗《のぞ》き込《こ》み、そう補足する。七瀬さん達三人と私を除いた、一年四組二十二名全員の名前がそこに記載されていた。パソコンなんかで打ちこまれた文字じゃない。手書きだ。ぜんぶ、ボールペンで名前が書かれている。

しかも、おかしなことに一つ一つの筆跡が違う。これじゃあまるで、それぞれ別々の人間が書いたみたいだ。

「ああ、それね。署名だよ。朝比奈さんのクラスの生徒全員の。『朝比奈若葉さんにゲームを――イジメ的な行為を強制したのは、間違いなく七瀬郁美《いくみ》以下三人組の仕業です』、ってね」

「――え？」

い、今、なんて言ったの？　え、波川《なみかわ》くん？

脳が理解を拒んでしまう。その言葉はちょっと、予想外過ぎた。

「みんな、最初は非協力的だったけどね。内申書や、イジメの実体をＬＩＮＥやらＳＮＳやらで、拡散させる事をチラつかせたら……面白いくらい簡単に彼女達《たち》を売ったよ。伊達《だて》兄弟の協力で裏アカのログも手に入ったし、言い逃れも出来なかったね」

「え、え……？」

「七瀬《ななせ》さん達にさ、これを教師や自宅、ゆくゆくは進学先なんかに匿名で送りつけたら、面白いことになるよね？って言ったのさ。そしたら彼女達、すっかりパニックになっちゃってねえ。落ち着かせるために、音声証拠もあるって話したんだ。効果はてきめん、金魚みたいに口をパクパクさせながら、黙り込んじゃったよ」

そう言って、波川くんはポッケからスマホを取り出した。

「多分、伊達兄弟あたりが動画を撮ってただろうから、後で見せてもらうといいよ。アレはなかなか傑作な絵面だったと思う。まあ、自分達もさんざん同じようなことをやっただろうしね。自業自得さ、同情はしないよ。僕は晴斗《はると》君ほど優しくないからね」

くすっ、と。唇を歪《ゆが》めて波川くんが笑った。

え、ちょ、こわい。なんだか、すっごくこわいんですけど!?

いつもの、朗らかで優しい波川くんは何処《どこ》にいってしまったのか。その口調も笑みも、ぞっとする程に冷たく、恐ろしい。いつぞや、備前《びぜん》くんが怒りをあらわにした時も心の底から慄《おのの》いたけど、彼のそれはまた、質が違う。備前くんが動なら、波川くんは静。そう、彼は至極おだやかに冷静に――激怒しているに違いない。

それを目の当《ま》たりにしてしまったから、たまらない。ただでさえ、今のこの状況に私は混乱しきっていたのだ。ひぃっと声をあげて、晴斗の腕にしがみついてしまった。

「いざとなったら、マジえげつねえのがこいつだからな。ああは言ってたけどさ、こんなの、まだ優しい方だよ。一度やると言ったら、必ずやるし。手なんて抜かねえからなあ」

私の頭を抱き寄せるようにかかえると、晴斗がしみじみとそう呟《つぶや》いた。

まだ、上があるの!?　これでまだ優しい方っていったい……!?

ぷるぷると震える私に何を思ったか、晴斗がため息交じりに頭を撫《な》でてくれた。

うう、情けない彼女でごめんなさい……!

「お前な、ちょっとは言葉を選べって。若葉《わかば》が怯《おび》えてんだろーが」

「ごめんごめん。少し、刺激が強すぎちゃったかな。じゃあ、亮一《りょういち》君がなんて言って七瀬さん達を泣きダッシュさせたかは、話さない方がいいね。あれは僕も引いたし。うん、ドン引いた」

「何を言ったんだ、何を。暴力は振るってねえんだろ?」

今まで黙り込んでいた備前《びぜん》くんに水が向けられる。彼は、何か言いたげに口をもごもごさせていたけれど、ジト目の晴斗《はると》に見据えられ、観念したように顔を逸《そ》らした。

「うっせーな。ちょっと脅しただけだろ? そんくらいであのザマたぁ、情けねぇ連中だぜ」

ふん、と鼻を鳴らし、備前くんが頬《ほお》を掻《か》く。何だか照れてるように見えるのは気のせいかな?

そんな彼に何を思ったか、波川《なみかわ》くんが呆《あき》れたように肩をすくめた。

「君の迫力には誰も敵《かな》わないよ。そんな亮一《りょういち》君にあんなことを言われたんじゃ、そりゃ逃げるよ。腰も抜かすよ。失禁したっておかしくないね」

そうして、波川くんが晴斗の耳に口を寄せ、何やら呟《つぶや》く。聞き取れはしなかったけど、それがロクでもない内容だったことは、渋い顔をした晴斗を見て予想がつく。

「おま、お前なあ…… 一歩間違ったらシャレじゃあ済まんぞ、それ!? ていうか、なんでそんな物騒な台詞《せりふ》をキメやがったんだ!」

「ああ? ちげぇよ、物理的にじゃねえし! ほら、俺らのこう、怒りに燃え盛る感情をシンプルな言葉で表現、かつ脅しつけようと——ああ、もうめんどくせぇな! わかんだろ、そんくらい!」

「わかるか、アホ! 昔からそうだけど、お前は一々、言葉が足んねえんだよ! だから誤解されるって、唯《ゆい》さんも嘆いてたぞ。少しは気を付けろや！」

「うっせぇな！　唯は関係ねえだろ、唯は！　大体な、元はといえば、お前が安っぽい嘘《うそ》に騙《だま》されたからこうなったんだろうが！　普通に考えりゃ、お前みたいなキモオタデブが、女に告白されるわけねえだろ！　夢見んな！」

「さっきされましたー！　もう俺もリア充ですぅ！　羨ましいか、バーカバーカ！」

一気に、煽《あお》り合いのＩＱがだだ下がる。さっきの格好良かった私の彼氏の姿はどこへやら。唾を飛ばし合い、低次元の罵り合いを続けているさまは、まるで子供みたい。

――まあ、それが晴斗の良い所なんだけどね。

わいわいと盛り上がる三人組をぼうっと眺めていると、不意に誰かの手が私の肩を叩《たた》いた。

「朝比奈《あさひな》ちゃん、朝比奈ちゃん。ちょっと、こっち、こっち」

「伊達《だて》くん……？　あれ、さっき東海林《しょうじ》さんを――って、ああ。弟くんの方ですか」

口数少なく、謎めいたお兄さんの方とは対照的に、ちょっとキザでウェイ系なのが伊達（弟）くんだ。最近、それくらいの判別はつくようになった。慣れってこわい。

「これ、ちっと見てくれや。晴斗の奴《やつ》に見つかるとうるせえから、イヤホンつけんの忘れんなよ。片耳だけでいいから」

「へ、これって伊達くんのタブレット？　え、何かの動画ですか？」

赤いタブレットの画面に、サムネイルがずらっと並んでいる。

伊達《だて》くんがそのうちの一つをクリックすると、画面いっぱいに静止画像が表示された。

あっと声が出る。見慣れた風景。立ち並ぶ椅子や机。これ……どこかの教室？

「俺、昨日余計なことを言っちまっただろ？　あの様子を見るに、晴斗《はると》の奴《やつ》とは上手《うま》くいったみたいだけど、もしかしたら最悪の結果もありえたわけじゃんか。罪滅ぼしってわけじゃねえが、アンタの気持ちを少しでも軽くしてやろうと思ってさ」

まくしたてるような早口でそう言うと、伊達くんが再生ボタンをクリックした。


『……なんとまあ、そんなことがあったのかい』


波川《なみかわ》くんの声だ。でも、どうしたんだろう。その顔はしかめられ、声色にも苦々しさが混じっているように思う。いつも穏やかで冷静な彼らしくもない。

よく見ると、彼の周りには一組の生徒達《たち》が集まっている。備前《びぜん》くんに飯塚《いいづか》さん、九条《くじょう》さんに……あれ、矢島《やじま》さんまで？

目を凝らしてよく見る。間違いない。九条かなみさんの隣に寄りかかるようにして立っているのは、私のクラスメイトの矢島瑠璃《るり》さんだ。どうして、彼女が一組に……？

「これ、昨日の昼休みの映像だ。この矢島って子な、廊下で転びそうになってた所を瞬《しゅん》に助けられたそうなんだが……えらい必死の形相で喰《く》らいついてきたらしくてな？『朝比《あさひ》奈《な》さんについて、話さなきゃいけないことがある』って、そいでそのままウチのクラスにお越し願ったつうわけでさ。んで、あんまりにも様子が変だったからよ。後で朝比奈ちゃんにも確認しとこうと思って、その様子を録画しといたんだが……」

え？　矢島さんが？　昨日の昼休み……もしかして、矢島さんと二人でいる所に私が通りがかった、あのときのこと？　あの後、矢島さんが晴斗のクラスに……？

しかし、そんな疑問も。次に飛び出した言葉に吹き飛んでしまった。

『う、うん……！　ごめんなさい、ごめんなさい！　あのコンパクトは……元は、設楽図《したらず》の駅前で私が買ってきた、安物なの……』

……え？

思わず、タブレットを強く握りしめてしまった。ピキリ、と軋《きし》む音が鳴る。

なに？　今、なんて言ったの？　矢島さんが？　コンパクトを？　え？

戸惑う間にも、動画は続く。矢島さんは、嗚咽《おえつ》交じりの涙声で、つっかえひっかえ、事情を話してくれた。

安かったし、デザインも気に入ったから衝動買いした。けど、不注意で落とした際にヒビが入り、使えなくなってしまった、と。残念だと、クラスの友達にも話していたらしい。高級品じゃなくて良かった、とも。

『そうしたらね、あの日、七瀬《ななせ》さんに……要らないなら五百円で売ってくれ、って言われて……』

『それで、彼女に売った、と。そういうわけかい？』

波川《なみかわ》くんの追及を受け、矢島《やじま》さんが両手で顔を覆った。その手は、ひどく震えているように見えた。

『わ、私知らなかったの！　まさか、そんなことに使うつもりだった、なんて！』

『ったく、アンタって子は、もう……！　昔から、どっか抜けてんだから』

九条《くじょう》さんが、矢島さんの肩を抱くようにして引き寄せ、大きなため息をついた。

やっぱり、前に思った通り、この二人は昔からの友達――もしかしたら幼馴染《おさななじみ》だったりするのかもしれない。

『だから、朝比奈《あさひな》さんは悪くないの！　悪いのは、あのコンパクトを手放しちゃった私で――』

『……そういうことかよ』

椅子を蹴り、備前《びぜん》くんが立ち上がる。まずいな、と波川くんが舌打ちする声が聞こえた。彼を止めようとしているのか、机に手をかけ上体を持ち上げようとしている。

……けれど、波川くんが動くよりも早く、委員長さん――飯塚《いいづか》さんが備前くんの前に立ちはだかった。

『ちょっと、備前！　どこへ行くつもりなの!?　気持ちは分かるけど、落ち着きなさい！』

『お前は黙ってろ！　おい、矢島よぉ……』『知りませんでした』じゃあ、すまねえこともあるんだぜ？』

『ひいっ！』

『やめな、備前！』

矢島さんをかばうように、九条さんが前に出るが、その制止も彼の耳には届かない。それどころか、ますます鼻息荒く、怒気を強めていく。

『それに、お前が発端だからって、あの女が晴斗《はると》を騙《だま》しやがったことに、違いはねえだろうが！』

備前《びぜん》くんの拳が、机に振り下ろされる。メキッという鈍い音と共に、ステンレスの表面にヒビが入った。瞬間、私の体が強張《こわば》るのがわかった。

今、殴られたのは私だ。

彼の怒りが向けられたのは私なのだと、そう直感したから……

『おい、その辺にしとけって！』

『そうそう。女相手に、そう興奮すんなよ。それに、脅されてたんだろ、その子。情状酌量ってことでさ、多めに見てやるくらい……』

付近の男子生徒達《たち》が備前くんをなだめようとするが、逆効果に終わる。

火に油を注がれたかのように、彼は大声をあげ、拳を振りかざした！

『るせえ！　何を甘いことを言ってやがるんだ！　いいか、お前らだって騙されてたんだぞ！　あんなに仲良くやっていたように見せかけて……裏では『ゲーム』なんぞしてやがった！　許せるものかよ、絶対に！』

備前くんの叫びに、委員長さんを含めた何人かの生徒達が顔を歪《ゆが》めた。

ああ、そうだ。その通りだ。私はなにを浮かれていたんだろう。

彼女らは、私なんかとそれなりに親しくしていた人たちだ。

裏切られた、という気持ちは消えないに決まってる。それはきっと、黙って聞いている波川《なみかわ》くんだってそうだろう。

晴斗に許されたからといって、まだ何も終わってはいないんだ。

私がついてしまった嘘《うそ》の重さを、はっきりと自覚する。

すでに、教室内の雰囲気は最悪に近い。

ほとんどの生徒達が不快気な様子を隠そうともしていない。

私のせいだ。全部、私の……

お昼休みの度に、今日はどうだった？　楽しかった？と声をかけてくれた皆の笑顔が涙で霞《かす》んでゆく。

そうか、伊達《だて》くんも私に怒っていたんだ。だから、この動画を見せて――

『何とか言えよ！　大体、あの女は――』

『――ほい、そこまで』

ざわついた教室内に、その声は朗々と響き渡った。

誰もが皆、弾《はじ》かれたように声の主へと顔を向ける。画面もまた、一瞬ぶれた後、それらの視線におもねるようにして、その姿を映し出す。

そこにいたのは、一人の少年だ。

大勢からの注目を意にも介さず、彼はひらひら、と手を振った。

『それ』が誰だかを悟ったんだろう、備前《びぜん》くんの顔が悲痛に歪《ゆが》む。

そう、そこには――

『おま、え……！』

ドアにもたれかかるようにして。

『まさか、聞いてたのかい……』

微《かす》かに、微笑《ほほえ》みながら。

『晴斗《はると》君！』

――私の彼氏、入間《いるま》晴斗が悠然と立っていた。

『……屋上で』

『――っ！』

『……全部、聞いてたんだ』

晴斗が口を開く。静かな、噛《か》み含めるような、声。

彼が屋上にいたことを、私は知っている。けど――どうしようもなく、胸が震えた。

私は、彼の告白の意味を、本当は理解していなかったに違いない。心のどこかで、晴斗が受け入れてくれたのを当然のように思ってたんだ。

――なんで、晴斗は……こんなにも穏やかな優しい声で、そう言えるの？

彼の告白は、軽くない衝撃となり、クラスメイト達《たち》の間にさざ波のように広がっていく。

既に真実を知っている私でさえそうなのだ。初めてこの事を聞かされたクラスの皆はショックだったに決まってる。

『お、おい。入間《いるま》！　落ち着け、なあ。落ち着けよ、おい』

『馬鹿！　下手に刺激するな！　こういう時は、そっとしといた方がいいぞ！』

『いいじゃんか。お前ら、入間の気持ちにもなってやれよ！　備前《びぜん》の言う通り、ふざけんなって思うだろ！　四組のクソ共の所に殴り込もうぜ！』

教室のあちこちに緊張した雰囲気がただよう。一部の生徒達《たち》は興奮を隠せず、顔を赤く染めて口喧嘩《くちげんか》を始めている。飯塚《いいづか》委員長さんが取り成すように声を張り上げるが、効果はうすい。それどころか、ますます喧騒《けんそう》は激しく、強くなってゆく。

『――なあ、瞬《しゅん》』

そんなクラスメイト達の間をかきわけるようにして、晴斗《はると》が波川《なみかわ》くんの前に立った。

『教えてほしいんだ。どうすれば――』

その瞳は、悲しみにぬれてはいるものの、怒りの色はない。それどころか、ある種の決意が宿っているようにさえ見えた。

『──若葉《わかば》は、救われるんだ？』

「はる、と……」

私は、呆然《ぼうぜん》としたまま、彼の名前を呟《つぶや》いた。

先の保健室での一件で、彼がどれだけ優しくて愛情深いか、わかっていた。

そう、わかっていた──つもり、だった。

カタカタと、画面が揺れる。いや、ちがう。震えているのは私の指先だ。

きっと、今の私は呆然とした顔をしているに違いない。

それほどに、彼のその言葉は衝撃的だった。

私は、身じろぎする事すらできず、ただタブレットに目を落とす事しか出来ない。

画面の向こうでは、晴斗の求めに応じて、波川くんが事の次第を説明してゆく。

すべてを聞き終えると、晴斗は神妙にうなずいた。

そうして、一つ一つ。皆の話をまとめ、何をすべきなのか、どう動けばいいのか。

必要な情報を整理し、噛《か》み含めるようにしてクラスメイト達に伝えてゆく。

『まず、矢島《やじま》さんが路上販売の人から買ったっていうコンパクトの現物が必要だね。今日の放課後にでも探しに行こうよ』

『そ、それが……！　実は私も、そう思ってあれから色々と探し回ったの。でも、どうしてもあのおじさんがみつからないの！　小物屋さんとかネットとか、他にも見て回ったんだけど、同じのは一つもなくて……！』

『露店だろうからな。もしかしたら、あちこち転々としているのかも』

いつしか、皆の興奮は収まり始めていた。

晴斗《はると》の言葉を受け、解決方法を探るべく話し合い、その話題に集中してゆく。

『で、でも！　わた、私が証言すれば、それで！』

『多分、それじゃあダメだね。口約束の手渡しなんて、いくらでも誤魔化《ごまか》せるし、君から買い取ったのと別物だって言い張ればそれでおしまいだ。壊れた現物があるならともかく、それはもう処分されてるだろうしね』

『けど、わかってんのがオッサンの外見だけじゃあねえ。そもそも、その日にたまたまそこにいただけかもしれないし。この子の話じゃ、他の駅でも見かけた事はなかったって言うじゃんか。ああ、もう！　ほんっとうに面倒くさい話だね！』

髪をかきむしりながら、九条《くじょう》さんが唸《うな》る。少しでもいいから、友達のしでかした『罪』をつぐなう手助けをしてやりたいのかもしれない。飄々《ひょうひょう》とした彼女らしくもなく、その顔は必死そのものだ。

『仕方ないよ。とにかく、そこにいた、という事実があったのは確かなんだ。雲をつかむような話だとしても、まず現地に行って確かめるしか――』

『そのオッサンの情報、わかったぞ』

――画面外から、聞き覚えのある声が響く。間違いない、伊達《だて》くん達《たち》だ。

『どど、どこだい!?』

『ふむ……瞬《しゅん》の言う通り、日によって場所を転々としているようだな。ＳＮＳでも都市伝説めいた目撃情報までありやがる。うん、今日なら……多分この辺だろう』

『ちょっと、全部反対方向じゃないの！』

『まあ、本来は一日で調べられるようなもんじゃないしね。むしろ、短時間でよくもまあここまで絞り込めたものだよ』

『まあ、アレだ。この一件には俺らの昔馴染《むかしなじ》みも関わっているようだしな』

『ったく、あのアホはもう……！　ここらで痛い目を見せとかねえと、本当に性根が歪《ゆが》んじまうぞ。お袋さん達《たち》が泣くような事になる前に、お灸《きゆう》を据えにゃならん』

教室中に、ワッと快哉《かいさい》があがる。クラスの男子生徒が、伊達《だて》くん達のものだろう肩を叩《たた》き、良くやった！って言ってはしゃいでる。

皆、喜んでくれている。これで、解決するかもしれないって。

私を——助けられるかもしれないって。

『伊達……』

『どうだ、晴斗《はると》。ちったぁ、役に立てたかい？　俺達も、いつもミル○ルばかり飲んでるわけじゃあないんだぜ』

『ああ、今日はジ○アだな、兄貴』

『サンキュー！　それだけ判《わか》れば御の字だ！　おら、行くぞ亮一《りよういち》！』

『……俺にも行けってか？』

『当然だろ、オメー。若葉《わかば》にさんっざん当り散らしやがって！』

『やっ、それはだな……って！　わーった、わーったよ！』

備前《びぜん》くんは未《いま》だに納得がいかない、という様子だったけど、晴斗に背中をバン、と叩かれると、しぶしぶ立ち上がった。

『引っ込みつかなくなってんだろ？　ほれ、落とし前つけさせてやるから付いて来い。ついでに授業もサボれ。そして、成績が落ちて唯《ゆい》さんにしぼり取られ、残りカスとなるが良いわ！』

『おい、本当に今から行くってのか？』

『そのとーり。学校はアレだ、早退する。理由は適当にこじつけるよ』

ハッハッハ、と晴斗は笑う。どこまでも明るく、いつも通りに。

その、傷付いただろう心の内を、誰にも見せずに。

皆に心配をかけるまいと、笑顔を振りまく。

『言い出したら聞かねえんだからよ、ったく！　オラ、行くならサッサとしろや。俺様をこき使うんだ。結果を出さなきゃ承知しねえぞ』

『おう、まかせとけ！　んじゃあ、瞬《しゅん》！　後は、頼んだぞ？』

『どうせ、止めても聞かないんだろ？　はいはい、任されたよ』

備前《びぜん》くんが怒ったように歩き出し、波川《なみかわ》くんは、どこか悲しそうに頷《うなず》いた。

彼等《ら》は、わかっているんだろう。晴斗《はると》の決意の、その意味を。

私なんかより、ずっと。よく知ってるはずだ。


『そこまで急ぐこと、ないんじゃないの？』

おそるおそる、委員長さんが、そうたずねて来る。しかし晴斗は首を振った。

『……それじゃあ、遅いかもしれないんだ。あの子はさ、溜《た》めこみすぎる性格だから。きっと、いまごろは自分を責めて、責めぬいて——心がボロボロになるまで耐えてしまう。そいで、気付いた時には手遅れさ』

『なんで、そんなことが——』

『わかるよ。……俺も、似たような経験があるから、わかるんだ』

――中学の時はイジメられていたから。

晴斗の元クラスメイトだったという、有森《ありもり》さんの声が脳裏に響く。

『だから、せめて不安の一つでも良いから解消してあげたいんだ。それに……あれだよ。今日、こうしてれば良かった――って事でさ。明日、大切な誰かを失うかもしれないんだぜ？　それだけは、もう嫌なんだ』

『けど！　そうしたって結局、あんたと朝比奈《あさひな》さんは――』

追いすがる委員長さんに対し、晴斗はどこまでも晴れやかに笑った。

『はっはっは、いいよいいよ！　いい夢が見れたってことで、万事問題なし！　俺は、それで十分だからさ』

そう言って晴斗は、教室中をぐるり、と見回した。

クラスメイト達《たち》の視線が、再び彼の元に集中する。

『だから、みんなも――あの子のことを、許してやってくれないか？』

息を呑《の》む気配が、あちらこちらから伝わって来る。

タブレットの画面が霞《かす》んでぼやけ、ぽつぽつと水滴が波紋を作ってゆく。

私の口から、嗚咽《おえつ》が漏れだしてゆくのがわかる。止められない、止まらない。

『うっし！　話は終わり！　善は急げ！　授業もサボれて一石二鳥！　あれ、オレ天才じゃね？』

『あ、あの！　入間《いるま》くん！』

『ん？』

『ごめんなさい……！　私のせいで、こんなことに……！』

「入間、ごめん。この子も、悪気があったわけじゃないんだ。だから――」

必死に謝る矢島《やじま》さんと、それを取り成す九条《くじょう》さん。

けれど、やっぱり晴斗《はると》は笑う。ぽっちゃりしたお腹《なか》を揺らし、嬉《うれ》しそうに、笑う。

『……矢島さん、だっけか』

『は、はい！』

『話してくれて、ありがとうな！　謝るならさ、若葉《わかば》に謝ってくれよ。俺にわびる必要なんてないって。それよりさ、クラスにもどったらあの子を頼むよ。それだけ若葉のことを気にかけてくれてるんなら、いろいろ助けてあげて欲しいんだ』

晴斗がニカッと笑って、親指を立てる。そのさまを、矢島さんが呆然《ぼうぜん》とした顔で見つめていた。その気持ちは、痛いほど良くわかる。私もきっと、同じ顔をしているだろうから。

『……ダメかな？』

『う、ううん！　わかった！　約束する……絶対に！』

『サンキュ！　ま、しめっぽい話なんざ俺には似合わんし、ほいじゃあ皆さん、この辺で！　バイビー！』

スキップを踏むような足取りで、晴斗が教室を出る。そのあまりに軽やかな動作に、備《び》前《ぜん》くんも思う所があったたか、付いていくことが出来ず、足を止めてしまっている。

でも、私は知っている。彼が、この時、どれだけ辛《つら》い思いをしているのか。人知れず涙を流すほどに、どれほどその優しい心が傷付いたか、を。

『アイツ……本当に、馬鹿だな』

九条《くじょう》さんの呟《つぶや》きに、クラスメイト達《たち》がうなずく。
何とも言えないもどかしげな空気が、教室に満ちる。

『――なあ』

それを破ったのは、誰かがつぶやいた、その一言だった。

『今日の放課後さ、出会い系で待ち合わせる予定の子の、その場所の下見をしたかったんだよな。だれかさあ、繁華街まで付き合ってくんね？』

その呼び掛けに、俺も、私も、と。たちまち賛同の声が上がった。

――なんで。

『ほほう？　丁度、そこで飯を喰《く》いたかったんだよなあ。兄貴もいかねえか？　たまには奢《おご》るぜ』
『ふむ……悪くない。ちょうど、俺も今日はヒマでね』

――どう、して。

『ったく、お人好《ひとよ》し連中はこれだから困るのよ。あたしは、ウソをついていたような子のために動くなんて、ごめんだわ』

委員長さんはそう言うけれど、その手に握られている『それ』に画面がクローズアップする。そこには、何かのアプリが起動していて――

『――とか言いながら、スマホで時刻表を検索してたくせに』

『プッ、ツンデレ乙』

『う、ううう、うっさいわね！　言い訳でも何でも、言いやすいようにしてあげる方がその、時間を取られずに済むじゃないの！　まあ、あの子にも言い分はあるでしょうし！　謝罪の言葉くらい聞いてあげてもいいって、そう思っただけよ！』

――学校は、地獄だと。そう思っていた。

クラスメイトたちは私を無視し、からかい弄《いじ》りまわし、こちらが何を言ってもわかってくれない、通じない。

『ったく、しょうがないなあ！　おい、備前《びぜん》！　隣町には、あたしと瑠璃《るり》が行くよ！　だから、サッサと入間《いるま》を追いかけて、設楽図《したらず》に行ってきな！』

『……本当に、お節介な連中だぜ』

——きっと、この一組の皆も。優しくしてくれるのは今だけで。真実を知れば、私を遠ざけるだろうと、心の何処《どこ》かで思い込んでいた。私はそんな、自分勝手な想像で怖がっていたんだ。

『亮一《りょういち》君が、朝比奈《あさひな》さんの事を本気で怒ってないことくらい、お見通しだよ。君は、僕たちの代わりに怒ってくれたんだろ？』

『……さあな』

——本当は、少し手を伸ばせば、こんなにも応えてくれるようになっていたのに。

いつの間にか、学校での生活は、かけがえのないものに、変わっていたのに！

『ふふ、晴斗《はると》君を頼むよ。僕は僕のできることをするからさ。だから……『二人』をお願いするね、みんな！』

私は、なんて……馬鹿なことを、したんだろう。

もう、見ていられなかった。

震える指で、動画を停止させ、画面に額をこすり付ける。

「なんで……わたし、みんなを、だまして、たのに……

なのに——どうして、そこまでしてくれるの？」

「あのな、難しく考えすぎなんだよ、朝比奈ちゃんは。ほれ、これ見てみ？」

「え？」

おどけたようなその声に顔を上げると、目の前に何かの画像が飛び込んで来る。

伊達《だて》くんが、スマホの画面をこちらに向けたらしい。

「……兄貴達《たち》とな、その露天商のオヤジを探している最中のことだ。そのオッサンは見つからねえし、時間ばかり経《た》つしで、焦《あせ》っちまってさ。んで、ついつい晴斗の名前を出しながらぼやいちまったんだ。アイツも本当に物好きな白饅頭《まんじゆう》だな、ってよ。そしたらどうだ。その辺を歩いてた幼稚園児くらいのガキンチョが、俺らの所に近寄ってきてな？『なあ、にいちゃん！　いま、ハルト、って言ったか？　アザラシの赤ちゃんみたいに白いおまんじゅうさん！』なんて言ってきてよぉ」

きっと今の私は、口をぽかんと開けた、とても間抜けな顔をしていると思う。

だって、そこに映っている画像の意味が理解できなかったから。

『その子』の写真が伊達《だて》くんのスマホに録画されているはずがない、のに。

「——太一《たいち》、くん？」

デートの際、何度か出会った男の子の笑顔が、スマホいっぱいに表示されていた。

「その様子じゃ、自分のスマホなんてチェックしてなかったろ？　何度か留守録入れたって言ってたぜ？」

伊達くんの言葉に慌てて、自分のスマホを取り出す。

すると、ある。幾つも、ある。晴斗《はると》や家族のそれに紛《まぎ》れて、『彼ら』の着信、が。

「太一くんのお父さんから、連絡が……！　それにこれ、遥《はるか》ちゃんからも⁉」

二回目のデートとなるはずだった、あの日。ひょんなことから友達になった女の子。

犬のレンちゃんと大の仲良しの小学生、遥ちゃん。彼女とは確かにアカウントを交換したし、その後も連絡を取り続けてる。でも、どうして。このタイミングで——

「驚いたぜ。偶然ってあるんだな。俺らがコンパクトおっさんを捜し歩いている途中、似たような時間の別の場所で。それぞれのグループが、その子達《たち》に会ったんだよ」

興奮したように、伊達くんが唾を飛ばしながらまくしたててくる。

「晴斗と朝比奈《あさひな》チャンが撮った写真、あったろ？　妙にアンタが緊張した顔してるやつ！　晴斗が嬉《うれ》しそうにLINEにアップしてさ。俺らみんな共有してたんだ」

思い出した。確か、少し前にそんな事があったっけ。晴斗が委員長さんに、デートをしたとか信じられない、ってからかわれて。だったら証拠をアップしてやらぁってことになったんだけど、その時手元にあったのはあの、七瀬《ななせ》さんに強要された写真しかなくって――

「かなみの奴《やつ》さ、その写真がお気に入りらしく、設楽図《したらず》の駅前でオッサンを探している時も、それを見ながら涙ぐんでたらしい。アンタ等《ら》のことを心配してたんだってさ。あのクールぶった女がだよ」

九条《くじょう》さんが？　私達のことを……？

「そんな似合わねえことをしてるから、手を滑らせたんだと。スマホがアスファルトの上を転がってさ。あいつが拾おうとする前に、犬がそれをかっさらっちまったらしい。んで、飼い主らしい女の子が来てな、スマホの画面に映ったアンタ等を見て、こう言ったたってさ」

「え……？」

「『――あの！　この……若葉《わかば》おねえちゃん達のお友達なんですか!?』ってね」

「遥ちゃん……！」

あの公園での一件のあとも、私は彼女とたびたび会っては、お喋《しゃべ》りを楽しんでいた。

私の彼氏だ、って。晴斗を紹介した事もある。その際、彼をボールか何かと勘違いしてしまったレンちゃんに纏《まと》わりつかれて、彼らはくんずほぐれつのまま、砂場をゴロゴロと転がってしまい、遥《はるか》ちゃんと二人揃《そろ》って笑い転げた、なんてこともあった。

そうしてお腹《なか》を抱えながら目元をぬぐった後、晴斗《はると》に聞こえないように、こそっと耳打ちされて。自分も好きな男の子に今度告白する、と教えてくれたことを思い出す。

「最近の小学生は侮れねえな。方々の学校にも子供同士のネットワークをもってるみたいでさ。んで、つい先週にもそのコンパクトを買った女の子がいて、その時に詳しい情報を聞くことができたんだと。来週は、どこそこに売り出しに行くってさ」

「え……」

「すっげぇ必死にな、頑張ってくれたみたいだぜ。『若葉《わかば》お姉ちゃんと、晴斗お兄ちゃんが別れるなんて、絶対ヤダ！　ダメ！』って、泣きながら言ったらしく——」

『——お姉ちゃんたちみたいに、いつまでも仲の良い、彼氏彼女になるの！』

ああ、そうだ。その時。公園の砂浜の前で。

——遥ちゃんはそう言って、はにかむように微笑《ほほえ》んでくれたっけ。

「あと、あれだ。有森《ありもり》なんとかさん達《たち》。瞬《しゅん》や晴斗の中学時代の友達とかいう奴等《やつら》。朝比奈《あさひな》ちゃんも知ってっか？　その子等も手伝ってくれたんだと」

……まさか、その名前まで出るとは思わなかった。

晴斗の事が好きだと自覚した日にあった、女の子たち。双葉《ふたば》の友達であり、晴斗のクラスメイトだったという――

「瞬が四組のアホ共への対策を終えて、遅ればせながら晴斗の後を追ったんだと。そしたら、駅のホームでさ、そいつらに遭ったらしい。声掛けられてびっくり。更に話を聞いて二度びっくりさ。その女の子三人組のうちの一人、新田《にった》とかいうボクっ子が、似たようなコンパクトを持っててさ、その出所を知ってたんだと！　親戚のオッサンが、友達に作ってもらったものだって言って、ブツをくれたらしく……」

『ほんっと、仲が良さそうだったなあ、あんたの姉さんたち。羨ましいくらいよ。あの人間《まいる》が、あんな風に惚気《のろけ》るなんてねえ。なんだか、嬉《うれ》しいやら寂しいやら――』

――あいつは、出来の悪い弟みたいなもんだったから。

いつだったか、そう打たれたメッセージを、双葉に見せてもらったことがある。

言葉とは裏腹に、晴斗の事を心配している文章だな、と。私はちょっぴり嫉妬してしまって――

「――それらの情報を色々と照らし合わせてみたら、どうなったと思う？　もうさ、びっくりなんてもんじゃねえよ！　この坊主、太一《たいち》、だったか？の父ちゃんが例のコンパクトを作ったオッサンの、その友達だってのがわかったんだからさ！　居場所だってバッチリさ。いや、皆で興奮したね！　こんな偶然あんのか！　出来過ぎだろ、って、マジでさぁ！」

「……う」

「亮一《りょういち》の奴《やつ》はよ、実家が東北の古い名家とからしく、あれで結構カミサマ的な信心深いことを言うことがあんだけどさ。なんだっけ、あの時も……そうだ。人の縁ってのは、良くも悪くも今までの行いが合わさって結ばれるものとかなんとか。この世に偶然なんてなく、全ては必然。奇跡みたいな出会いがあったってなら、それもそう。これまで『二人』が積み重ねてきたものが、『善いこと』だったっていう、何よりの証拠だろ、とか言ってたけど――」

熱弁を振るう伊達《だて》くんの声が、どこか遠く聞こえる。

もう、限界だった。視界が涙でうすぼけて、何も見えない。

私は、すがるように……手元のスマホを、ぎゅっと握りしめた。

「どう、して――みんな――」

ただ茫然《ぼうぜん》と、そう呟《つぶや》くことしかできない。だって、もうわけがわからなかった。

すると、伊達くんが大きくため息をついた。

まだわかんないのか、と。呆《あき》れたように肩をすくめている。

「——きだから」

「え？」

どこか照れくさそうに、頭をぼりぼりと掻《か》きながら、伊達くんはそっぽを向いた。

「どいつもこいつもさ、嬉《うれ》しそうに、楽しそうにしてるお前ら二人を見るのが、好きだからだよ。理由なんてそんだけだ！　他にねえ！」

がつん、と。頭を殴られたようなショックが走る。

そんなの、考えたこともなかった。

確かに最初は、晴斗《はると》と付き合っている姿を、周りから見られるのが怖かった。

ゲームが始まった直後から、私に向けられるのは同情と蔑み、からかいの言葉だけだったから。誰もが私達《たち》の事を馬鹿にして、笑い者にして、見下して。

だから、何も気づかないふりをした。教室では愛想笑いをして、ごまかして。目を逸《そ》らそうとした。そうすることで、自分の心を守ろうとしたんだ。

そんな事を続けているうちに、私はクラスの外でも、同じように振る舞うクセがついてしまった。誰に何をどう言われようとも、気にしない。わからない。

——他人からの評価なんてどうでもいいと、そう思い込んだ。

でも、『みんな』は、私と晴斗が一緒にいる姿が好きなのだという。

イジメのネタだとか、悪い意味での言葉でなくて、ただ、純粋に。

『私達《たち》が楽しそうにしている』のが、好きなんだと。言って、くれた。

「ウダウダ言ってねえで、スパッと謝って、ほんでリア充になってりゃいいんだよ！　やっかみはするし、呟《つぶや》きのネタにもすっけどさ！　モゲて爆《は》ぜて砕け散れとも思うけど！　それでも……」

そこまで一息に言い放つと、苛立《いらだ》ったように髪をぐしゃぐしゃとかき回す。

「ああ、くそ！　こういうのは兄貴ならスマートに言うんだよな、俺じゃあ無理！　晴斗《はると》、パス！　後は、お前が言え！」

彼の、その言葉の意味を確かめる間も、なく——

——私の肩が、そっと抱きしめられた。

「はる、と……」

いつの間にか、晴斗が私の隣に座り、肩ごしに寄り添ってくれていた。

「まったく、どいつもこいつも、若葉《わかば》を泣かせやがってからに。それは俺だけの特権だっちゅうの。おまけに、なんだよこの動画。いつの間に、こんなの撮ってやがったんだか」

苦笑しながら、晴斗がタブレットを小突く。

「ま、礼を言っとかなきゃな。色んな人に、面倒をかけちまったよなあ、俺達」

「うん、うん……！」

「気分が落ち着くまで、待ってもいいんだぜ？」

「ううん、い、く。いま、いく！　みんなに、あやまらなくちゃ……！」

ごめんなさい、って。実はとってもずるい言葉だ。

だって相手の方が悪いのに、被害者の方が許さなきゃいけない気持ちにさせてしまう。

みんなの本心を知った今なら、なおさらだ。

それでも、私は――

「ぜんぶ、話す……話して、謝りたい。元通りの関係には、戻れないかもしれないけど。

それでも、それで、も……！」

言わなくちゃいけないことが、ある。ごめんなさいっていうのは、身勝手な言葉なのかもしれないけれど。でも、それで何もせずに疎遠になってしまう事こそ、一番ズルいことなんじゃないかと、私は思う。

「伊達《だて》も言ってたと思うけど。あんまさ、難しく考えなくていいと思うよ。仲直りしにいくだけじゃんか。それが終わったら、次は太一《たいち》くん達に連絡してさ。それも済んだら――」

晴斗が、頭を下げて、目線をこちらに合わせてくれる。

「――お父さんやお母さん、妹さんに謝りに行こう？　心配、かけちゃったんだろ？」

その言葉に、胸が詰まる。嗚咽《おえつ》が溢《あふ》れて、溢れて……もう何も言えそうもない。

彼の肩に顔を埋《うず》め、襟元を涙で濡《ぬ》らしながら、私はコクコクと首を振り続けた。

エピローグ

「ちょっと、何よこれ！」

朝のホームルーム前。気だるげな空気が漂う教室内に、悲鳴がひびき渡る。

「わ、私の机が……わたしの、机が——なんで！　なんで、こんなおぞましいコーティングされてんのよ!?」

やれやれ、朝っぱらからやかましい。私の力作に何か文句でもあるんだろうか？

「おやおやぁ～？　どうしたのかな、七瀬《ななせ》さん？」

「あ、朝比奈《あさひな》ぁぁぁ！『また』アンタの仕業かぁ!?」

バンバン、と机を叩《たた》きながら七瀬さんが絶叫する。

「まったく、人聞きの悪い事を。あんなに、私達《たち》のキス画像を見たがってたじゃない」

だから、私も晴斗《はると》に手伝ってもらいながら、一生懸命ご奉仕したと言うのに。

「特別大サービスで、あなたの机をデコレイションしてあげたの♪　私の優しさにほら、むせび泣くといいよ！」

「誰が感謝するかッ!?」

それは残念、頑張ったのに。

ちらり、と目を移すと、七瀬さんの机の上には、縦から横まで目いっぱいに広げられた私と晴斗《はると》のキスシーンが貼り付けられている。

うーん……もうちょっと、こう。光の加減とか調整したほうが良かったかな。

「なんで首かしげながら写真の出来栄えを寸評してんのよ！　あー、もう！　何なの!?　その変貌っぷりは！　前みたいに虐《いじ》めても、無視しても……ちっとも効きやしない！」

「お、おまけにもう！　あの男とのノロケ話を毎日毎日、耳元でささやくし！　理解の範《はん》疇《ちゅう》外ですぅ！」

七瀬《ななせ》さんの隣で、東海林《しょうじ》さんが頭を抱えながら突っ伏す。

「た、ただでさえこの一週間、伊達《だて》のあんチクショウから延々と『罰ゲームだ』ってよくわからない説教やら使い走りやらをさせられてるのに！　もう、やだ！　やだぁぁ！」

「き、気が狂いそう……いっそ、登校拒否した方がマシかも」

泣き叫ぶ東海林さんに、ゲッソリする取巻《とりまき》さん。

おや、それは申し訳ない。ご迷惑をかけてたのね。

「じゃあ、そうなったらお見舞いにいかなくちゃね！　晴斗と、一緒に！」

「ひぃぃっ!?」

「ああ、居留守つかったら電話するから。お早うからお休みまで、ずーっとケアしてあげるから――安心してね」

「いやぁぁぁぁ!?　もう、許してぇぇぇ！」

「ふふっ」

ちょっと、やり過ぎちゃったかな？　私は手に持った『それ』の包みを破り、七瀬さんの口元へと押し込んだ。

「もがっ!?」

「……冗談、だよ」

正直言って、七瀬さんのした事は、ゆるせない。けど、そもそもの原因は私にもあったのだ。勇気を出せなかった、臆病な私にも。

それに、そのお蔭《かげ》で私は、世界で一番大切な、あの人に出会えた。

だから――

「――ありがとう、七瀬さん」

「な……っ!?」

「そのシュークリームは、ほんのお礼。これね、今朝買って来たばかりの、出来たての奴《やつ》だから。とっても美味《おい》しいよ？　東海林さんも、取巻さんも、はい。食べて」

「あ、はい……」

「ど、どうも……？」

きょとん、とした顔でシュークリームを受け取る東海林さん達《たち》が、何だかおかしかった。

「じゃ、私は席に戻るね！　――あ、矢島《やじま》さん！　シュークリーム、一緒に食べない？」

唖然《あぜん》とする七瀬《ななせ》さん達《たち》に背を向けて。私は足取りも軽やかに歩き出した。

「ううう……美味《おい》しいけど、悔しいぃぃぃ！　おのれぇぇぇ！　よくも、よくも私にこんな屈辱を！　もぐもぐ！」

「悔しがりながらも、食うもんは食うのね……もうあきらめなって。これ以上やったら、逆にあたし等《ら》がクラスから孤立しかねないし。ね、七瀬もそう思うでしょ？」

「……そうね。アイツにちょっかいかけて、これ以上精神を汚染されるのは御免だし。ふん、放っておきましょう！　何がお礼よ、こんな……こんなものっ」

「七瀬――」

「……何よ、美味しいじゃない。この、シュークリーム……」

――私と晴斗《はると》が『本当の』お付き合いを始めてから、一週間が過ぎた。

あの日の目まぐるしさは、きっといつまでも忘れられないと思う。

保健室での一件の後、私はこの騒動で迷惑をかけてしまった人たちの元へ向かい、ほとんど土下座同然の形で頭を下げ、すべてを話し、晴斗と正式に彼氏彼女の関係になったことを告げた。

祝福する声、戸惑う声。とうぜん、色々あった。

当たり前だけど、ハッピーエンドでめでたしめでたし、で全部が全部、許されるわけじゃない。私は、それだけのことをしてしまったのだから。本当なら、罵られ、無視されてもおかしくないと、今でも思う。

それでも、もう一度。一組のみんなと仲良くなりたいと思ったから。

大好きな家族と仲直りしたいと思ったから。

だから、私はそう言って。何度も、何度も頭を下げた。

いつだって、私は誰かに頼るばかりだった。流されることしか出来なかった。

でも、もうそんな幼稚な自分からは、卒業しなきゃいけない。

大切にしたいと、ずっと傍《そば》にいたいと、そう思える人に出会えたのだから。

みんな、そんな私の気持ちを受け止めてくれた。泣いて、怒ってくれた。

それが、とてもありがたいと思う。周りに恵まれているということが、どれほどに素敵で、貴重なことか、今の私には痛いほど良くわかるから。

『言っとくけど、これで変な遠慮して、私達を避けようとしたら、それこそ許さないからね！　なんのために、私らが骨を折ったと思ってんのよ！　ちゃんと明日も、お昼にここに来なさい。お弁当持って、しっかりと！　いい、待ってるからね！』

そう言って私のおでこを小突いてくれた、飯塚《いいづか》委員長さんの笑顔が忘れられない。

『アイツとのこと、一応、認めてやるよ。……色々、悪かったな』

明後日《あさって》の方を向きながら、ぶっきらぼうに備前《びぜん》くんはそう言ってくれた。

『溜《た》め込《こ》まないで、話しなさい！　悪いことをしたと思ってるなら、なおさらです！　私達《たち》が、あなたの親が、そんなに信じられませんかっ！　余所《よそ》のお子さんにまで、迷惑をかけて……！　このバカッ！』

家に帰ると、お母さんと双葉《ふたば》、それにお父さんまで待っていてくれて。

生まれてはじめて、お母さんに頬《ほお》を叩《たた》かれた。

気付かなくてごめんな、と。お父さんに頭を撫《な》でられた。

双葉に抱き付かれて、わんわんと泣かれた。

ごめんなさい、という言葉さえ足りない。

私はどれだけ迷惑を、心配をかけてしまったんだろう……

誰もが怒り、叱り、そして——最後は、笑ってくれた。

それが、どれだけ難しくて、幸せな事なのか。

私一人の力じゃ、きっとこんな風な結末を迎えることは出来なかった。

私が謝るその傍《そば》で、常に寄り添い、見守ってくれた晴斗《はると》がいたから、きっと受け入れてもらえたんだと、そう思ってる。

だから、私は変わろう。彼のために、みんなのために、何よりも自分のために。

相変わらず、七瀬《ななせ》さん達は意地悪をしてくるけれど、負けてはいられない。

いつもうつむいていた顔を上げ、私は真正面から彼女達を見た。

七瀬さんだって、同い年の女の子。何も特別なことはないんだ。

予想外の事があれば慌てるし、こわい男の子に脅かされたら、逃げもする。

——そう。私と同じ、普通の女の子なんだ。

そう気付いたら、ふっと。心が軽くなった。

心の変化に釣られるようにして、周囲の風景が、ガラッと様変わりしていく。

暗く、淀《よど》んで見えた教室。影のようにいびつだったクラスメイト達。

それが、今はどうだろう。私は思わず目をこすってしまった。

ヴェールが剥《は》がれるように、恐怖のイメージが薄れていく。

そうして見えたものは、なんてことはない。ごく普通の教室の、朝の光景だった。

窓の枠に腰掛けながら、クリスマスの予定にはしゃいでいるのは、加藤《かとう》さん達《たち》だ。彼氏が出来たから、友達同士の集まりはキャンセル、なんて言っている。教壇の前でワイワイ騒いでいるのは、井出《いで》くんと縄口《なわぐち》くんだ。出された課題の答え合わせをしているみたい。

——変わらない。一組のみんなと変わらない。みんなみんな、普通の生徒達だ。

矢島《やじま》さんと初めて教室で話したあの日。そっと目を逸《そ》らしたクラスメイト達を思い出す。

ああ、そうだったんだ。今までどうして、それがわからなかったんだろう。

心の持ちよう一つで、こんなにも周りが変わって見えるなんて、思ってもみなかった。

これまで、私は無意識の内に、物事からいつも逃げようとしてたのかもしれない。

敬語という心の鎧《よろい》をまとい、家族以外の人を遠ざけて。一人でも平気だと強がった。

でも、それが通用するのは子供の内だけだ。きっと何処《どこ》かで、限界がくるに決まってる。

私だっていつかは、家を出る事になるだろう。その時になってから後悔しても遅いんだ。

すぐに、ぜんぶがうまくいくはずもない。

けれど、少しずつでもいいから、前を向いて歩いて行こうと、そう思った。

私の……大切な人たちと、一緒に。

「へ、私達の写真を撮りたい？」

放課後、私と晴斗《はると》は、九条《くじょう》かなみさんに呼び出されて、校舎裏に来ていた。

「そ！　新しく買ってもろうたこのカメラを使って、コンクールに応募するのさ！」

そう言って、えへへん、と自慢げにデジカメを披露してくれる。

「写真、ねえ……？　そういや唯《ゆい》の奴《やつ》も何かと俺と一緒に映りたがったっけ」

「うん、うん。唯さんの気持ちは良くわかるよ。僕も美冬《みふゆ》ちゃんとツーショットを撮りたいんだけどさ、なかなかねえ。うまくいかないんだ。ここの所、どことなく機嫌も悪い……どうしちゃったんだろう？」

「あの陰険女の考える事なんざ知るかよ。お前も、いい加減に見切りを付けてだな……」

晴斗の妹さんの話題で盛り上がる、備前《びぜん》くんと波川《なみかわ》くん。

私も今度の日曜に晴斗の家にお呼ばれする予定なので、ウワサの彼女に会えるから、楽しみだ。気難しいらしいけど、彼の大切な家族なのだし、きちんとご挨拶したい。

「私の考えてるモデルに、アンタ等《ら》がピッタリなんだ——って、うるさいねえ！」

四方八方から聞こえて来る歓声に、九条さんが顔をしかめる。

私達の周りには、いつもの面子《メンツ》が揃《そろ》っていた。

飯塚《いいづか》さんに、伊達《だて》くん達を始め、一組のお祭り好きの面々。さらにさらに、私に付いてきた矢島さんまで。皆、耳ざとく話を聞きつけ、どっからともなく集まって来たのである。

九条《くじょう》さんを囲むように俺も撮って、あたしも写りたい、と大騒ぎだ。

「ふふ、一組の皆は、いつも元気いっぱいで楽しそう」

矢島《やじま》さんが、そう言って微笑《ほほえ》んだ。このどんちゃん騒ぎを目《ま》の当たりにしても、腰が引けてる様子もないし、むしろ愉快そうに目を細めている。

九条さんの親友だというだけあって、こういった光景を見慣れているのかもしれない。

「ったく、アイツ等《ら》の漫才は見てて飽きないわね」

委員長さん……飯塚《いいづか》さんも、処置なし、という具合に肩をすくめている。

ああ、本当に楽しいな。皆と一緒にこうして騒げる。そんな毎日が、戻ってきたんだ。

なんだか、とってもたまらない気持になって。私は、隣にいる晴斗《はると》を、チラリと見た。

すると、ちょうど向こうもこっちに目を向けたようで、視線が絡みあう。

「ほいほい、皆は後で後で！　まずは、そこでイチャついてるお二人さんだ！　目と目で通じあうとか、昭和かよ！　ほれ、見事入賞したら賞金は十万円！　ゲット出来たら山分けするからさ、モデルになってちょうだいな」

ぱんぱん、と手を叩《たた》き、九条さんが注目を集める。

なるほど。それが目的か。九条さんらしいなあ。完全に目がドルマークになってる。

「んー……俺は構わないけどさ、若葉《わかば》はどうだい？」

「私も、いいよ？」

良いのが撮れたら、また七瀬《ななせ》さん達《たち》におすそ分けしてあげよう。

「うっしゃあ！　実はもう、タイトルは決まっていてね？」

「案外、あれだな。行動力の化け物みたいな奴《やつ》だよな、お前って。んで、なに？」

「ちょっとドキドキするね。それによってポーズが決まったりするんでしょ？」

そういえば、こうやって晴斗と並んで写真を撮るのは何度目だろう？

初めてのデートの時を思い出す。あの時は、彼とツーショットを撮るだなんて、嫌で嫌で仕方がなかったのに。それが、今ではまったくの正反対。何だか、不思議な気分だ。

「あまりの素晴らしさに、腰を抜かしてもしらんぞ？　ふふふ、そのタイトルはね――」

――と、その時だった。

「なんだ、もう本番か？　おい、瞬《しゅん》！　晴斗と朝比奈《あさひな》が写真撮るってよ！」

「へえ？　でも、何だか構図が固くない？　初々しいのは良いことだけどさ、もうちょっと若きパトスを画面に塗り込めてもいいんじゃ――」

「ちょっと、邪魔よアンタ達！　あたし等が見えないでしょ！」

わらわらと、一組の皆が私達の背後から押し寄せて来た――って、ちょっと!?

あっという間に、人混みにまみれ、私と晴斗は仲良くおしくらまんじゅう。ギュウギュウに内側へと押し込められていく。

「ふむう、このカオスっぷり。結構イイ線いってるね。これが偶然の勝利という奴か」

冷静にカメラを向けようとしないで！　これ、意外と非常事態だよ!?

何とか抜け出そうともがいていると、不意に圧が狭まり、体が前方へとすっぽ抜けた。

「わ、や――きゃっ!?」

「若葉《わかば》、あぶな――」

すぐ後ろから、焦《あせ》ったような晴斗《はると》の声が追いかけてくる。

私を守るように、首へと手が巻き付き、頬《ほお》と頬がこすりつく。それと、同時に――

「もらった！　しゃったーちゃんす！」

――カシャリ、と。シャッター音が響いた。

……

…………

……………

「…………………ふぅ。すっかり時間を忘れて見入っちゃった。ふふ、懐かしいなぁ」

思わず笑みが零《こぼ》れた。手に余るほどの大きさのフォトフレーム。そこには、制服を着た私と晴斗の写真が収められていた。これ、もう何年前の写真だったたっけ。

そっと、周囲を見渡す。一瞬、そこにあの懐かしい校舎裏を幻視するが、頭を振ると、

それはすぐに掻《か》き消えた。ここは間違いようも無く、『我が家』の一室だ。

写真を見ながら高校時代に思いを馳《は》せているうちに、意識を飛ばしていたらしい。

押入れの整理をするつもりだったのに、ついつい熱中しちゃった。

いけない、いけない、と。写真立てをタンスの上に置く。作業が全然進んでないのに。

辺りに散らばる段ボール等々を見やり、頬《ほお》を掻く。

うーん……これでも持ちこむ物は選んだはずなのになあ。二年も一緒に生活してると、
二人暮らしでも結構、物が溜《た》まるものなのねえ。これはまいった。

「っと、もう三時？　そろそろ、お夕飯の買い物に行って来ないと」

栄養は、しっかりと取らなきゃいけない。あの人にもそれは強く強く言われている事だ。

「お母さんも、いっぱいご飯を食べるから。だから、元気に生まれてきてね」

膨らんだお腹《なか》を撫《な》でながら、愛《いと》しい我が子へと語り掛ける。

さあ、今日も私達《たち》の為《ため》に一生懸命働いてくれている旦那様に――

「美味《おい》しいご飯を、作ってあげなくちゃ！」

バッグを手に取り、財布を探す。ポイントカードの類は忘れやすいので、いつも事前に
チェックしておかなきゃいけない。

〝入間《いるま》　若葉《わかば》〟の四文字が記載されたカードを確認し、立ち上がる。

――と、玄関の方から、扉が開く音が聞こえた。

「たっだいまー！」

「え？」

ドタバタと音を立てながら、私の旦那様――入間晴斗《いるまはると》が駆け込んで来る。

「若葉《わかば》！　今、帰ったよ！」

あれ、帰って来るのがずいぶん早い。まだ夕方前なのに。

「どうしたの？　体の具合でも悪いとか？」

「なーに言ってるんだよ、今日は早上がり出来るって言ったろ？　はは、寝ぼけて忘れてたな？」

「あ、そうだった！　いけない、いけない。つい、昔の写真を見ていたせいで」

「写真？　って、あああ！」

いきなり、晴斗が大声を出した。鞄《かばん》を放り出し、段ボールの群れへと突撃してゆく。

「こ、こんな重い物を持ったら駄目って言ったじゃないか！」

「これくらい、平気だよ？」

「お、俺が片付けるから！　ああ、もう！　危なっかしいったらありゃしねえ！」

「はーい……もう、うるさいんだから」

私がぶーぶー言ってる間に、彼はチャカチャカと、ものすごい勢いで段ボールを押し入れに放り込んでゆく。図体《ずうたい》に似合わず機敏な旦那様だね、うんうん。

「昔っからそうだけど、お前は放って置くとすぐ無理をするんだから……心配なんだよ。特に、今は大事な時期なんだからさ」

そう言われると、私も弱い。でも、言われっぱなしは悔しいので、少しだけ意地悪をする事にした。

「……その原因を作ったのは、あなたじゃないの。嫁入り前の乙女を孕《はら》ませたのは、誰でしたっけ？」

「ぶぼっ!?　いいい、いや！　あれはね。その――」

実の所、私も望んでした事ではあるし、その時だって未成年というわけでもない。ちゃんとした社会人同士だったし、それはまったく問題はないのだけど。

まさか、即妊娠するとは思わなかった。

当時、私と晴斗は結婚を前提としたお付き合いの真っ最中。夫婦となったら朝晩を共にする。恋人同士ではスルーしてしまうような欠点や粗《あら》も見えてくるだろう。そう思って、互いに話し合い、両親も納得させたうえで『予行演習』を行う事になったのだ。まあ、ぶっちゃけて言うと同棲《どうせい》である。

ケンカや衝突を繰り返しながら少しずつ絆《きずな》を深め、さあそろそろ夜のごにょごにょの方も――というところで、これだ。

お蔭《かげ》で、結婚はとてもとても慌ただしかった。お腹《なか》が目立つ前に式をあげなきゃいけなかったのだから。各所への連絡・手配は大変、なんてものじゃなかった。

妊娠を告げた時、何とも言い難《がた》い顔をしていた両親と、でかした！とガッツポーズを決めていた双葉《ふたば》とお義母《かあ》さん。その対比が凄《すご》かったのを思い出す。

「ま、まあ！　その件は置いといて、ほら！　その様子からして、買い物に行くんだろ？代わりに俺が行ってくるからさ」

「あ、いいの？」

「おうともさ！　それで、何を買ってくればいいのかな」

ええと、今日は夫の大好物のカレーを作ろうと思ってたから……

「人参《にんじん》と、ジャガイモ、それに玉ねぎも切れてたわ。後は、豚肉と――」

「うんうん」

「それと、アルティメットグレードのペルセウスⅢのプラモを一丁！」

「自重しろや!?」

ちゃんと、私のお小遣いから出すのに……何が不満なのだろうか。

「あー、もう！　すっかり量産型ロボの虜《とりこ》になっちまって……！　この間、お腹《なか》の赤ん坊に『量産型Mスーツ、BM開発百年史』を聞かせてた時は、腰を抜かすかと思ったぞ！」

「えへん、胎教だよっ！」

「お前はどんな英才教育を施すつもりだよ！」

がくり、と肩を落とす旦那様。あれれ、怒っちゃったかな？

「まったく……ほんと、若葉《わかば》らしいよ」

顔を覗《のぞ》き込《こ》むと、予想に反して、晴斗《はると》は微笑《ほほえ》んでくれていた。そればかりか、私の頭を優しく撫《な》でてくれて——そんな夫に、愛《いと》しさが募っていく。

「……ねえ、晴斗？」

「ん？」

「やっと、あなたの夢を叶《かな》えてあげられるね」

「え……？」

脳裏に、あの鮮やかな夕焼けが蘇《よみがえ》る。

照れ臭そうに笑っていた少年の姿が、昨日のことのように思い出せた。

「私にすべてをくれたあなたの、その夢を叶えてあげること……それが、ずっと、ずっと願い続けてきた、私の夢だったんだから……」

そう。私は……私、は——

「本当に、幸せです……」

「若葉……っ」

「——あっ」

堪《こら》え切れない、というように。彼が私の手を取り、そのまま唇へとキスを落とした。

二人とも、そのままの姿勢でぴくりとも動かない。いや、動けなかった。

愛《いと》しさと切なさが膨れ上がり、身じろぎしただけで溢《あふ》れ出してしまいそうだったから。

「あ……待って」

「ん？　どうしたの？」

静寂を破ったのは、私だった。唇の隙間から吐息を漏らし、夫をそっと押しのけた。

「今、この子が動いたよ」

「え!?　ほ、本当か！　ど、どれどれ！」

「わ、ちょ、こらっ！」

「パパでちゅよー聞こえてまちゅかー」

「もう、あなたったら恥ずかしい——って！　どこに顔を埋《うず》めてるの！」

「あ、ちが、誤解——うげっ！」

真昼間から不埒《ふらち》な行為を働こうとした旦那様の、その後頭部をぺしりとはたく。

「ったく、このドエロ饅頭《まんじゅう》は……しょうがない人ね」

「まあまあ、大目に見てくれって！　役得役得」

頭をさすりながら、晴斗《はると》が立ち上がる。

「さてっと！　そろそろ買い物に行こうと思うんだけど……やっぱり、若葉《わかば》も一緒に行かない？　少し、外の空気を吸っといた方が良いかもよ」

「うん、そうしよう！　久しぶりに、二人でお出かけだね！」

「んじゃ、スーパーに行って……その帰りに、店長の所に寄ってくか」

「え？」

「プラモ、買って欲しいんだろ？」

あ……！　きゃーっ！　やっぱり晴斗は話せるぅ！　もう、大好き！

うきうきしながら外に出ると、道端に芽吹いた小さな花が目に入った。

可愛《かわい》らしい、その白い花弁を眺めながら、ああ、と気付く。

先日までの寒さは、どこへ行ってしまったのか。頬《ほお》を撫《な》でる風は、ほのかに暖かく、草葉に溜《た》まった滴を散らしながら、そっと吹き抜けていく。

──いつのまにか、季節は移り変わろうとしていた。

「……ああ、そうか。冬が終わるんだな」

ぽつり、と晴斗が呟《つぶや》く。その横顔はとても優しげで、ついつい見惚《みほ》れてしまう。

「もうすぐ、春が来るのかぁ。なんか、あっという間だな」

「ふふ、そうだね。全然、実感が湧かなかったよ」

私はうん、と伸びをして、役得、とばかりに彼の胸へと寄り掛かった。

ぽにゅん、と弾む、柔らかなお肉が気持ちいい。

「だって、私にとって『春』っていうのはね。いつも、そばにあるものだから」

そう——あの時から、ずっと。

顎を逸《そ》らして見上げれば、きょとん、とした顔の旦那様。

その頬《ほお》に指で触れ、輪郭を確かめるようになぞってゆく。

「あなたがいてくれるだけで、私はとっても嬉《うれ》しいの。本当よ？」

「若葉《わかば》……」

視線を通して、温かな感情が流れ込んで来る。自然と、笑みが零《こぼ》れた。

そして、私達《たち》は。いつか見た、あの夕焼けの日のように——手を繋《つな》いで、歩き出す。

赤ちゃんが生まれて来たら、精一杯の愛情を注ごう。生まれて来てくれてありがとうって、言ってあげるのだ。

そして、いつかこの子が大きくなったら、聞かせてあげようと思う。

——引っ込み思案で、気の弱く、勇気のなかった女の子と。

お日様みたいに晴れ晴れと温かく、春の風のように優しい男の子の——

——恋の、物語を。

入間晴斗と
××な彼女

「おっかわり！」

口の中に入れた白米を、味噌汁《みそしる》で喉の奥へと流し込む。塩味が絶妙に効いたこれで、まずは一杯目を片付けるのが、入間晴斗《いるまはると》のトレンドである。

「はいよ、ちょっと待ってな！」

にこにこ笑いながら、母が茶碗《ちゃわん》を受け取る。そのまま手慣れた動作でご飯が盛り付けられ、再び晴斗の手の中に白くほかほかで、つやつやとしたお米様が到着した。ああ、ありがたや。ありがたや。

「毎朝毎朝、本当に良く食べますね。ちゃんとご飯を噛《か》んでます？　生き急ぐような食事の仕方は感心しませんよ、兄さん」

温かいご飯を遮るように、湯気の向こうから冷めた言葉が晴斗の耳に届く。

「なんだよ、美冬《みふゆ》。あれか、ブタみたいにがっついて食うなっていうのか？」

「何を馬鹿なことを」

やれやれ、と少女が首を横に振る。

「兄さんと比べるなんてブタに失礼でしょう。尊い命に謝りなさい」

「俺の扱いは家畜以下かよ……」

ぶつくさと文句を言うが、少女——美冬は涼しい顔だ。

ほっそりとした、端整な顔立ちと、切れ長の瞳。色素の薄い、白みがかった髪の毛は、窓から差し込む光に照らされ、まるで炎のようにきらめいて見える。誰もが見惚《みほ》れるような、まさに文句なしの美少女であった。……その口を開きさえしなければ、だが。

「まあ、健啖《けんたん》がなによりさね。育ちざかりの男の子は、もっと食うべきだよ。ほら、美冬もお食べ。ただでさえアンタは体が細いんだから、もっと胸や尻に肉を付けな。瞬《しゅん》くんが他の女に目移りしたら嫌だろう？」

「なんでそこで瞬さんの名前が出るんですか。知りませんし、聞きません。どうせ、あの人は私ならどんな体型でもいいって言うに決まってますから」

つん、と顔を背けながらも、その頰《ほお》は赤い。口では何だかんだ言って下僕扱いしているものの、この妹は晴斗の幼馴染《おさななじみ》——波川《なみかわ》瞬のことを『気に入って』いる事は明白だ。

（うう、ちくしょう。青春しやがって……！）

その様子は兄としては微笑《ほほえ》ましく思いつつも、憎たらしくもある。

晴斗は、代わりに白米を敵とさだめ、うっぷんを晴らすように思い切り口の中へと、やっつけた。

「父ちゃん、行ってきます！」

父の位牌《いはい》に手を合わせ、挨拶をする。毎朝、欠かさず行う恒例行事。これをしないと、晴斗《はると》は一日が始まった気がしないのだ。

「さてっと！　そろそろ瞬《しゅん》も待ちくたびれてるだろうし、今日も元気に行ってくるか！」

鼻歌交じりに玄関に向かうと、ドアの前には美冬《みふゆ》が佇《たたず》んでいた。

靴を履き、鞄《かばん》を手に下げ、準備万端の姿勢である。

「お、待たせちまったか。悪いな」

「別に、気にしていませんもの。兄さんが愚図《ぐず》なのは毎朝のことですから」

本当に口が減らない。こんな毒舌っぷりを毎日聞かされて喜ぶのは、瞬くらいのものだ。

毎朝、毎朝……懲りもせず、お姫様のエスコート役を買って出るくらい惚《ほ》れきっている幼馴染《おさななじみ》を思い出し、朝からげんなりした気分になる。

玄関から出たあとは、駅まで瞬が送ることになっている。晴斗も馬に蹴られてなんとやら、にはなりたくないので、朝の貴重な時間は彼に妹を任せるのだ。

妹達《たち》が出発して、五分ほど経《た》ってから家を出る。それが晴斗の習慣であった。

しかし、それなら何故《なぜ》、美冬がわざわざ兄を玄関先で待ってたかというと……

「それじゃあ、行ってきます兄さん」

美冬がちょこん、と頭を下げ——そのままの形で微動だにしない。

晴斗は苦笑しながら、小さな頭に手を乗せた。

「ん、気ぃつけてな」

そのままそっと撫《な》でてやると、美冬の口元がわずかに綻ぶのが見えた。

生まれも育ちも違う妹。彼女は『実家』では抑圧された生活を送っていたらしく、こうしたスキンシップを好んでいるのだ。まあ、決して口には出さないが。

兄からの『挨拶』に満足したか、美冬は長い髪の毛をくるっとなびかせ、軽やかな足取りで玄関を後にする。

すると、待ってましたとばかりに、聞き慣れた声がひびく。

「おはよう、美冬ちゃん！　今日も綺麗《きれい》だね。あ、この匂い。シャンプー変えた？」

「まあ、気持ち悪い……ストーカー類似行為は感心しませんよ？」

「いや、違くて！　その、ほら！　君のことなら何でもわかるっていう証明を――」

「破いてポイして、捨ててしまったらいかがです、そんなもの。ほら、行きますよ」

「ま、待って！　そんな小走りで行かないで！　ちょ、なんで駆け出すの!?」

ドアの外から聞こえて来る漫才を聞きながら、晴斗は一日の始まりを実感するのだった。

「ふん、ふふーん♪　ふ、っふっふーん」

「今朝はまた、ずいぶんとご機嫌だねえ、晴斗君。なんか良いことあったのかい？」

通学路。美冬を送り出した瞬と合流し、ペチャクチャとムダ話をしながら、学校まで歩く。これも、毎朝のことだ。もはや日課みたいなものである。

「あ、やっぱりわかっちゃう？　いやあ、今日バイト代が出るんだよ。これで、ずっと欲しかったエロゲ『わたしの旦那さま』が買える！　うはは、半年もまえから楽しみにしてたんだあ！　これさ、バイオリニストの女の子が、ある日とつぜん許嫁《いいなずけ》がいるって爺《じい》さんに言われて、すったもんだの挙句に不良警官と同棲《どうせい》を始めるっちゅう胸ワクなストーリィでさあ！」

「また十八禁ゲームにハマってるの？　昔から君はその手のゲームが好きだったけどさ、最近は特にひどくなってない？　美冬《みふゆ》ちゃんが嘆いてたよ」

幼馴染《おさななじみ》の苦言を聞き流し、ピーピーと口笛を吹く。

イジメがひどかった中学時代は、ストレス解消にその手のゲームを遊んでいたが、今では完全に趣味になってしまっている。けれどまあ、これはこれで良いだろ、別に。

ゲームに出て来る女の子は可愛《かわい》いし、物語自体も面白いのが多いし。どうせ、現実ではあんな恋愛はできないのだ。それなら、二次元の世界にひたって何が悪いと、そう晴斗《はると》は思うのである。

――と、晴斗がそんな事を考えていると。

「よっ、二人とも！　なんだか最近はやけに冷え込んできやがったなあ」

「ふふ、亮一《りょういち》さまは本当に寒がりですね。おはようございます、晴斗さん、瞬《しゅん》さん」

晴斗の悪友、備前《びぜん》亮一とそのお付きのメイド、森川唯《もりかわゆい》だ。

今朝も仲良く主従同伴での登校とは、まったくもって羨ましからん。

「おはよう、お二人さん！　今朝も仲むつまじいっすねえ。妬《や》けちまうぜ、ほんと」

「まあ、晴斗さんったら。お上手なんですから。もっと言ってください」

にこにことしながら、本音をぶっこむメイドさん。その可愛らしい外見に似合わず、超が付くほどの肉食系女子なのである。

「ったく、晴斗もしつけぇな。唯はたんに毎朝の習慣で俺を送り届けてくれるだけだってのに。なあ、瞬もそう思うだろ？」

「……君は、もう少ししつこく言われた方がいいんじゃないかな？」

「え、なんで？」

メイドさんの前途は多難らしい。唯の愛らしい笑顔のその目の端に、かすかに涙が浮かんでいるのを、晴斗は見なかったことにする。全力で。

「ふん、これだからリア充は困るんだよ。己に与えられた境遇の素晴らしさを、ちっとも良く思わねえんだから」

「んん？　何だかよくわからねえが、まあいいか」

いいのかよ。

亮一の鈍さは筋金入りだ。顔も良く、一年生ながらサッカー部のエースとして活躍しているのだから、当然モテる。鬼のようにモテる。

なのに、女子生徒からの熱い視線を完全にスルーしてみせているのだから、もうどうしようもない。晴斗《はると》もそれ以上のツッコミをあきらめた。

四人そろって朝の通学路を歩く。いつもと変わらぬ光景。多分、卒業までずっと続くであろう日々。

晴斗は、この関係に十分満足していた。気の合う友達と馬鹿な話で盛り上がる。それだけでただただ楽しい、と。

——この時は、そう思っていたのだ。

「うぐぐぐ……！」

昼休み。自分の机の上にかじりつきながら、晴斗は歯ぎしりしていた。

「何やってんだ、お前。いつになくキモイ顔をしやがって」

クラスメイトの三木《みき》和真《かずま》が、引きつった顔でこちらにやってくる。

「聞いてくれるか、和真！　とんでもねえ格差社会をまざまざと見せつけられちまったんだよ！　ちくしょう、可愛《かわい》い女の子からの手作り弁当とか……うおおおお！」

嘆く晴斗の声を聞きつけたか、わらわらと級友たちが集まって来た。

「あー、備前《びぜん》の愛妻弁当のことか？　いつものことじゃねえか、お前だって慣れてんだろ？　なあ兄貴」

「まあ、男子垂涎《すいぜん》のイベントではあるがな。フラグもバッチリ。あとはイベントになだれ込むだけだ」

うん、うんと頷《うなず》くのは、クラスきっての情報中毒者、伊達《だて》兄弟だ。

こっちはそのフラグすら立たねえんだよ！　と、晴斗の怒りはますます高まってゆく。

「いーや、リア充ゆるすまじ！　おまけに、本人は唯《ゆい》さんの好意にまったく気づいていねえんだから腹立つっちゅうんじゃい！」

びしり、と指を指すと、その先ではのんきにウメエウメエと弁当を食する男が一人。

こちらの言葉などまるで耳に入っていない。なんだこいつ、なんだこいつ！

「あーやだやだ、これだからモテないキモ男のひがみって困るのよ」

「伊達の言う通り、いつもの事だしねえ。入間《いるま》も、いい加減にスルーすればいいのに」

飯塚《いいづか》委員長と九条《くじょう》かなみの女子コンビが、そろって肩をすくめてみせる。

そう、正論を言われてはかなわない。ぐぬぬ、と晴斗は歯ぎしりするしかなかった。

すると、いい加減、見るに見かねたのか、瞬《しゅん》が間に入ってくれた。

「まあ、あれが晴斗くんなりのコミュニケーションなんだよ、多分。気持ちはわからないでもないから、暖かい目で見てあげて」

幼馴染《おさななじみ》のフォローが胸に沁《し》みる。何だか泣けてきそうだ。

「ちきしょう、こうなったらこのリピドーの全てを二次元に叩《たた》き込んでやらぁ！　今日は楽しみにしていたゲームが買えるし、それとギャルゲ・エロゲ合わせて十二本！　全キャラ制覇の死のロードを決行してやる！」

晴斗《はると》はぐるぐると手を振り回し、椅子に足を乗せると高らかに宣言する。

「——俺の男気に惚《ほ》れたら、駄目だぜ？」

シリアス気味にキメ顔を披露すると、どっと教室が笑いに包まれた。

「ぷはっ！　その顔、反則よ反則！　やめて、こっち見ないで！　きゃはは！」

「ま、眼精疲労には気を付けるこった。あと、出しすぎて腎虚になんなよ青少年」

委員長たちがお腹《なか》を抱えて笑い転げるのを見て、晴斗はうむうむ、と頷《うなず》いた。

——よし、今回は成功、大成功。これ、スベるとシャレになんないくらい、空気が凍るんだよなぁ。人を笑わせるのって、むずかしいもんだ。

クラスのみんなが、明るい声で笑い、晴斗もそれに続く。これもまた、いつもの光景だ。けど、ふっと脳裏に……今朝の、校門前での光景が過《よ》ぎる。

『さ、亮一《りょういち》さま。今日の分のお弁当です。亮一さまのお好きな唐揚げをいっぱい、入れてありますからね』

唯《ゆい》が、手作りの愛情弁当を差し出し、亮一が当然のような顔でそれを受け取る。憤る晴斗を諭す瞬《しゅん》も、夜中までずっと美冬《みふゆ》と電話してたことを指摘され、委縮するどころか、こっちを義兄呼ばわりしてくる始末。結局、晴斗が地団太踏んで嫉妬し、それを他の面子《メンツ》が生暖かい目で見る、という毎度の結末に至ったわけなのだが……

いつもの風景。いつもの会話。だから、あれもそんな日常茶飯事の漫才みたいなものだというのに。

最近、何だかそれが妙に寂しいと感じてしまう。

——二人とも、誰かを好きだって思ったり、想《おも》われたりしているんだよなあ。

晴斗は、そのことが少しだけ羨ましいと思ってしまった。

(はは、こんなことを考えてるから、モテないいんだろうなあ)

これじゃあ『夢』をかなえることとなんて、できそうにない。

腹を抱えて笑い合うクラスメイト達《たち》を尻目に、晴斗はそっとため息をつくのだった。

母手製の弁当をサッサと片付けると、晴斗は一人屋上を訪れていた。

腹ごなしの散歩である。いつもは亮一や瞬と一緒に取り留めない話をしながらふざけあったりするのだが、今日は用事があるとかで、二人ともいない。

人に囲まれて馬鹿騒ぎするのも好きだが、たまには一人になるのもいい。

このクソ寒い時期に、風が吹きすさぶ屋上に来る生徒は滅多《めった》にいないのだ。

晴斗《はると》も寒いといえば寒いが、昔から気温の変化には強い。皮下脂肪の成果ともいう。

うん、と伸びをすると、鉄柵の前に座り込む。

満腹になった腹をさすりつつ、ソシャゲの周回でもするかとスマホを取り出した、その時だった。

(あ……あの子、またあそこで弁当食べてんだな)

ちょうど見下ろした位置にある、校舎裏。

その片隅にちょこんと座り、弁当を広げている少女の姿があった。

意外な事に、晴斗の五感は人と比べても優れている。目も耳も鼻も、常人のそれよりも格段に鋭かった。どうやら、備前《びぜん》の血筋を引くものの中には時折『こういう』者が生まれてくることがあるらしい。まあ、何に役立つか、と言われたら微妙な所だけれど。

ともあれ、一人ぼっちで昼食を取る、その少女の容貌を、晴斗はくっきりと見て取ることが出来た。背中の辺りまで伸ばしているであろう長い髪の女の子。どことなく寂しげな表情が、妙に印象深い。

彼女の存在に気付いたのは、いつからだったろうか。よく思い出せない。

たった一人で、もそもそと食事をしているうえに、やけに周りを気にする様な仕草を見せる、女の子。それがやけに頭に残ったことだけは、確かだ。

用事があって校舎裏に寄ったり、屋上からこうして周囲を眺めるたびに、彼女はいつもそこにいた。けれど、晴斗《はると》の方から声をかけることは出来なかった。

どこか人を拒絶するような雰囲気を漂わせているその少女は、一人になりたいのだと、全身から主張しているような気がしたからだ。

ひと口ひと口、噛《か》みしめるようにおかずを口に運ぶ少女の姿を、晴斗はぼうっと眺めつづけた。名前も学年もわからない、綺麗《きれい》な女の子。そんな子と自分の間に、何かがあろう筈《はず》もない。それどころか、今こうして食事風景を覗き見ているのがバレたら、ストーカーと勘違いされてしまうだろう。

生まれてからこれまで、幾多の女子に嫌われてきた晴斗だが、なんとなく……あの子には、拒絶されたくない。嫌がられたくない。

たまにこうして、その姿を見られるだけで満足だった。

これ以上、踏み込もうなんて大それた考えは持っちゃいけない。

この時の晴斗は、そう自分を戒めていたのだ。

……まさか、このすぐ後に。彼女との間に縁が生まれるとは、思いもせずに。

「えっと、四組、四組……ここかな？」

翌日の昼休み。晴斗は亮一《りょういち》を連れて他クラスの前へとやってきていた。

「ったく、用があるんならそっちから来るのが筋ってもんじゃねえのか？　それを、別の人間をよこして呼びつけるなんざ、気に入らねえな」

じろり、と亮一が視線を後ろに向ける。そこには、東海林《しょうじ》と名乗った小柄な女生徒の姿があった。晴斗と亮一が四組を訪れたのも、元はといえば彼女の『お願い』がきっかけである。晴斗にどうしても会って話をしたいという生徒がいる、と案内人を買ってでたのだ。

亮一の目つきは見ようによっては凶悪凶暴そのものだ。哀れな少女は何も言えず、ただただ怯《おび》えて身を縮めてしまう。

「そう言うなって。なにか事情があるんだろ？　俺は構わないよ。どうせ暇だったしさ」

「チッ、あいかわらず甘い奴《やつ》だぜ。わーったよ。大目に見てやらぁ」

誰が相手だろうと、どこに行こうと、偉そうな態度を崩さない。いつも通りの王様気質に苦笑しつつ、晴斗は教室の扉に手を掛けた。

「失礼しまーす！　お呼びとあらば、即・参上！　一年一組の入間《いるま》晴斗ですよ、っと」

教室に入ってすぐ、晴斗は妙な違和感をおぼえた。昼休みだというのに、室内はやけに静まり返っている。まるで、みんな息を潜めているかのように。

だというのに、こっちが足を踏み入れた瞬間——思い思いの場所にいたはずの生徒たちが、一斉に晴斗《はると》の方を振り向いたのだ。

なんだろう、と疑問に思ったけれど、すぐに納得がいった。

（ああ、いつものアレか）

所構わずエロゲー談義なんぞをぶちかましているのだから、当然といえば当然だ。

晴斗は、校内では陰口を叩《たた》かれ、後ろ指をさされる事の方が多い。

特に、女子からの評判は最悪だ。ゴキブリ未満の廃棄汚染物として扱われている。

けれど、晴斗自身はそれをそこまで気にはしていない。自業自得であるし、いまさら自分をいつわりたくなんてない。だったら、高校時代くらいフリーダムに行こう。

そう思うだけで即座に気持ちを切り替えることができるのだ。

「朝比奈《あさひな》さんって人はどちらっスか？　俺に何か用事があるって聞いたけど」

「これから仁義無用のバトルが始まる予定だっつうのに、タイミングの悪いこった。さっさと用事を済ませてほしいぜ」

まだかまだか、と低い声でせかす亮一《りょういち》を軽くなだめる。

（まあ、あんまり待たせてもこいつに悪いし。なるべく早く終わらせちゃうか。俺で役に立てることならいいんだけど）

──と。

「と、とにかく話を進めましょうよ。ほら、朝比奈さん！　入間《いるま》さんに、話があるのでしょう？」

「あ……は、はい」

東海林《しょうじ》の背中を押す──というよりも急《せ》かすような声を受け、一人の少女が晴斗の前に歩み出て来た。

（……あ）

──その少女には、見覚えがあった。

昼休み、いつも一人でご飯を食べていた、あの女の子。

綺麗《きれい》な長い髪、桜色の小ぶりな唇。恥じらうように伏せた目は、今どきの女子高生らしからぬ清楚《せいそ》で純朴な雰囲気を漂わせている。

改めて間近で見ると、よくわかる。とんでもなく可愛《かわい》らしい美少女だった。

ああ、そうか。この子が──

「──君が、朝比奈さん？　俺に、どんなご用事かな」

こんな可愛い女の子が、自分になんの用があるのだろう？

晴斗は、内心で首をひねる。

まさかとは思うけど、時々チラ見していたのがバレて、それを告発する公開処刑の場としてこの教室を選んだんじゃ……

「は、はい。あの、その――」

しかし、晴斗《はると》の密《ひそ》かな動揺を知ってか知らずか、朝比奈《あさひな》、という少女はどうも様子がおかしい。

何だか思いつめたような表情で、口を閉じたり開いたりと、落ち着かないようなのだ。

その、煮え切らない態度にしびれを切らしたのか、彼女のすぐ傍《そば》にいた女生徒が、晴斗に声をかけてきた。

「ねえ、入間《いるま》？　アンタ良かったわねえ。この子、アンタの事が好きなんだってさ」

――は？

突然、何を言い出すのだろうか。ギャグにしても笑えない。

肩の力を抜くための冗談だろうか。そう思って、晴斗が本題を促そうとするが、朝比奈若葉《わかば》から返ってきた答えは――

「入間、くん……」

――晴斗にとって、驚天動地の答えとなる……

「……あなたの事が、好きです。どうか、私と付き合って、くだ、さい――」

……予想外の、言葉であった。

「うひゃひゃ、はーるがきーた、はーるがきーた、おーれにーきた！」

小躍りしながら、足取り軽やかに、廊下で一人ワルツをかます。

入間晴斗十六歳。ついに、この世の春がやってきた。

そんな悪友のお花畑っぷりが、よっぽどうざったかったのだろう。さっきから亮一《りょういち》が舌打ちを繰り返しているようだ。

しかし、晴斗は気にしない。まさか、自分にこんな日が訪れるとは、思ってもみなかったのだ。

（まさか、俺に恋人が出来るなんて！　しかも、あんなに可愛《かわい》くて優しそうな女の子が……お、俺のことを！　すす、好きだって！）

「うう、生きててよかった、よかったよぅ……！」

「笑ったと思ったら今度は泣くのか……？　情緒不安定にもほどがあるだろ、お前」

「まあ、まあ！　日頃のフラストレイションを今こそ発散してるんだよ！　見逃せ、見逃せ！」

いつもいつも、ラブにコメる友達のことを間近で見ていた晴斗である。今こそ報復の時は来たれり、とばかりに調子に乗り切っていた。

「まあ、いいけどよ。それにしても、あっさり告白を受け入れたもんだな？」

「……へ？」

「なにを不思議そうな顔をしてやがんだ。あれだけ、三次元は要らない、だの、二次元こそ至高！とか言ってたじゃねえか」

亮一《りょういち》の言葉に、ああそういえば、と晴斗《はると》はうなずく。確かに、さっきまでの自分はそうだった。まあ、本当のところを言えば強がりみたいなものだったが。

「お前、あの女に一目ぼれでもしたのか？　確かに見た目はそこそこ良いとは思ったけどよ」

「あー……いや、その。それは……」

――って、言ってくれたから。

「あん？　なんだって？」

「い、いや！　なんでもないって！　ま、まあ一種の一目ぼれといえば、一目ぼれ、かな？　ほれ、そろそろ行かないと！　瞬《しゅん》も待ちくたびれてるだろうし」

その場しのぎの言い訳を、どう思ったか。亮一は少し考えるような素振りを見せるが、結局なにも追及せず、静かに首を振った。

「ま、いいか。今日の所は、あの女に免じて決着は見送ってやんよ。んじゃ、教室に戻ろうぜ」

「おう！」

先導するように前へ出る亮一の、その背中を見ながら、晴斗は先ほど言えなかった言葉を胸の中で呟《つぶや》いた。

——生まれて初めて、だったんだ。

確かに、若葉《わかば》は前から気になっていた女の子ではあった。けど、それよりも。

——女の子に、好きって言ってもらえたのは。はじめて、だったんだ。

放課後。瞬たちへの紹介も終わり、晴斗は若葉と二人、並びながら学校を後にする。

気を利かせてくれたのか、瞬も亮一も小さく、ではあるが晴斗の方へと合図を送ってくれた。

——上手《うま》くやれと、そういうことなんだろうな。

ちらり、と隣を見ると、すぐ傍《そば》を歩く少女の横顔が目に入り、全身に緊張が走った。

——女の子と一緒に帰るなんて、そんなミラクルが俺に訪れるとは……！

何せ、こんな経験は生まれてはじめてだ。中学の頃、仲が良かった女子生徒と一緒に帰ったことはあるけれど、あれは瞬も一緒だったし、向こうも友達連れだった。状況が全く違う。

女の子と一対一で並んで歩く、それは非モテのノットリア充にとっては一大イベントなのだ。心臓がバクバクと音を立てて高鳴るのがわかる。手と足が一緒に出そうになるのを、意識して封じ込めた。緊張するなんてレベルじゃない。

（――さて、どうする。どうすればいい。彼女との親睦を深める一手はなにぞ！）

歩き出してから、かれこれ五分は経《た》ったろう。なのに、二人は無言。会話が弾む弾まない以前に、言葉さえ出てこない。

とりあえず笑おうとしたら、キヒッとかいう呻《うめ》き声が出た。やべえ、キモイ。

晴斗《はると》はちらちらと若葉《わかば》を横目で見つつ、脳をフル回転させた。

こっちとしてはもう、二次元世界に出てくるような、いちゃつくバカップルになりたい。そうしたい。けど、焦《あせ》ってガッツくのは駄目だ――くらいは、恋愛無能者の晴斗にだってわかる。ただでさえ、こっちの容姿は人並み未満なのだ。

（とにかく、まずは会話だ。おしゃべりだ。それも、間を空けちゃだめだ！　多分、緊張しているのは向こうも同じはず！）

ずっと黙り込んでいるのが、その証拠だろう。こういう場合は男の方から話しかけ、少しでも気をほぐしてあげるのが甲斐性《かいしょう》というものだ。そう、晴斗は結論付ける。

「いやーまったく、まったく！　朝比奈《あさひな》さんみたいに可愛《かわい》い女の子と歩いていると、緊張しちゃうっすよ！」

「そりゃあもう！　こんな見た目ですからね！　『マシュマロと一緒に帰る趣味なんてないし……あらゆる意味で恥ずかしい……』とかのたまう奴《やつ》が後をたたなくて」

身振り手振りを加え、色々と話しかけてみるが、反応は良くない。返ってくるのは気のない返事だけ。

「はあ……そう、ですか？」

……まずい。俺の話がつまらないのかも。空気が完全に冷え込んでるじゃねえか！

何とか、何とかこの子を楽しませないと！　こんな出だしからつまずいてたら、別れ話に一直線だ。クラスメイトの中にも、お試し感覚で付き合い、何か違うと思ったら即座に別れる女子がいた。それも、彼女が特別なわけではなく、割とよくある事だというから恐ろしい。自分もそうなるのでは、という妄想が首をもたげ始めてくる。

やだ、そんなのいやだ！　このまま破局なんて真っ平御免だ！

（と、とにかく！　今は会話を積み重ねるんだ！　お互い、まだまだ知らないことは多いし、ちょっとずつでもいいから距離を詰めていかないと！）

「そ、そうだ！　今日はですね、朝からこんなことがあったんっすよ！　さっき紹介した亮一《りよういち》のね、メイドさんが――」

「へえ……？」

茶化《ちゃか》した口調で、なるべく興味を惹《ひ》くよう、面白おかしく話を脚色する。

その甲斐《かい》あってか、最初は相槌《あいづち》、続いて簡単な受け答えを返してくれるようになり。少しずつ、少しずつ……若葉《わかば》も会話に加わるようになってくれた。

「よく見るテレビ番組や動画、ですか？　そうですね、私はあまりネット動画とかは見ないので。家族と一緒にクイズ番組とか、でしょうか」

「へえ！　確かにクイズとかって面白いですよね。俺もよく観《み》ますよ。ああいうのって、ついつい熱が入っちゃいません？　俺も挑戦するんだけど、いっつも不正解！　ときどき混じってる、引っ掛け問題が鬼門でねえ……」

一緒に観戦していた美冬《みふゆ》が、まさかの全問正解をぶちかまし、愚物を見るような目と言葉で貶《おとし》められたのは内緒にしておく。

「ああ、確かに。私もそういうのは苦手かも。ついつい考え込みすぎちゃって……」

うなずきながら同意を返してくれる若葉に気を良くし、晴斗《はると》は彼女を楽しませようと言葉と心を尽くしていく。

（よ、よかったぁ……！　やっと、会話らしい会話につなげることができた！）

見たところ、とても大人しい感じの女の子なので、男と二人っきりで会話をするのに慣れていないのかもしれない。そう思うと、彼女がとても可愛《かわい》らしく思えてくるから不思議だった。

そうこうしているうちに、分かれ道が見えてくる。若葉の話では、彼女の家は晴斗とのそれとは逆方向だ。

——どうしよう。こ、こういう時は男の方から送っていくって言うべきなのかな？

でも、グイグイ行き過ぎて引かれたらヤバい。キモイとか思われたら立ち直れない。

少し悩むが、男は度胸！　やはり晴斗はその言葉を口にすることにした。

「あ、朝比奈《あさひな》さん！　よければその、お家《うち》まで送っていきますよ！」

「え、い、いえ……！　気持ちは嬉《うれ》しいですけど、入間《いるま》くんが遠回りになっちゃいますし。け、結構です……！」

……玉砕。返ってきたのは丁重なお断りの言葉——いやさ、明確な拒絶であった。

（ま、まだ家まで一緒とか早すぎたのか!?　ううう、厚かましい男とか思われたらどうしよう！）

ええい、こんな事くらいでめげてはだめだ！

「じゃ、じゃあ！　俺はこの辺で帰りますね！　また明日、学校で——」

持ち前のポジティブさで気を取り直すと、なるべく快活に、気持ちよく。彼女と別れの挨拶を交わそうとする。

無論、未練はたらたらである。もっと話していたいし、一緒にいたい。

けど初日、まだ初日だ。焦《あせ》るな俺、焦るな！と自分に言い聞かせる。

——しかし。

「その……明後日《あさって》の土曜日、空いてますか？」

「土曜？　えっと、たぶん大丈夫かな。それが、どうかしましたか？」

そう聞くと、若葉《わかば》の顔が強張《こわば》った。先ほどの告白の時と同じように、ぱくぱくと口を開け閉めしている。

どうしたんだろう。体調でも悪いのかな。そう、晴斗《はると》が尋ねようとした矢先。

「あ、その……よ、良ければ、なんですけれど」

「え？」

「――私と一緒に、遊びに行きませんか？」

一瞬、彼女が何を言ったのかわからなかった。

――遊びに？　誰が、誰と？　え、二人で？　俺と？

少し遅れて、脳みその奥深くへとその言葉が浸透してゆく。

「しょ、しょれって、まさか……！　う、うわさに聞くデート、って奴《やつ》!?」

「は、はい……。ど、どうですか？」

もちろん、晴斗に断る理由などない。

「お、オーケーに決まってますって！　デ、デート……女の子と、デート……」

「……ありがとう、ございます」

何故《なぜ》か、若葉の顔色は良くない。それが少し心配だけど、もしかしたら彼女も緊張しているの、だろうか。

「あの、大丈夫ですか？」

「……なんでも、ありません。オーケーをもらえて、ホッとしただけですから」

やっぱり、晴斗の思った通りのようだった。それでなくても奥ゆかしそうな少女である。自分から男をデートに誘うには、だいぶ勇気が必要だったのだろう。

それだけ自分の事が好きなのか、と晴斗は浮かれ出す。大いに浮かれ出す。

「ま、まさか俺の人生にデートイベントなるものが発生するとは！　どこでフラグを立てたんだろう!?　ひゃっほう！　すげぇ！　やったぁ!!」

あまりの嬉《うれ》しさに、晴斗の意識はすべて、土曜のデートに持っていかれてしまった。

だから、気付かなかったのだ。

「……っ」

はしゃぐ晴斗の隣で、うつむいた少女のことを。

……今にも泣き出しそうな顔で、その唇を噛《か》みしめていた、ことも。

そうして、迎えたデート当日。どんよりと曇った空の下で。

晴斗は、せいいっぱいの『おめかし』に身を包み、緊張に体を震わせていた。

待ち合わせ時間は午前八時半。ちなみに現在時刻は六時半。

（——緊張に耐え切れなくて、二時間も早く着いてしまった……！）

女の子とのデートなんて生まれて初めてだ。だからか、楽しみ、という気持ちよりも、不安の方がよっぽど大きい。

「——服装チェック、すそが出てたりしないな！　髪も、うん乱れてない。顔も脂ぎってない……よな？　うん、念の為《ため》に油取り紙でふいておこう」

あれこれとチェックを終え、一息つく。朝からこうして、何回も何回も繰り返している行為ではあるのだが、どうにも落ち着かない。

今、自分が着ている服は、今まで身に着けたこともないような、お高い代物《しろもの》だ。

エロゲの新作につぎ込むはずだったマネーをはたき、瞬《しゅん》と……それに、亮一《りょういち》のメイドである唯《ゆい》に頼んで見立ててもらった逸品である。彼女らもこれなら大丈夫！と太鼓判を押してくれたのだから、安心……ではあるのだけど。それでも自信が持てない。

なにせ小さいころから、この容姿のせいもあってか晴斗《はると》は非モテ街道一直線であった。

当然、女の子から好かれた経験なんてまるでない。

それから色々あって、吹っ切れて。自分に正直に生きようと決心してから、はや二年。

恋愛関係にまで発展しなくても、笑って話せる女子は何人かできた。だからもう、それで十分だと思いこもうとしたのだ。

（それがまさか、こんなブタ男に告白してくれる子がいたなんて！）

亮一には照れくさくて言えなかったけれど、晴斗が告白をあっさりと受け入れた理由の大部分は、それなのだ。自分なんかを好きだと言ってくれたから——

だからこそ、彼女の気持ちを裏切りたくない。正直なところを言うと、朝比奈若葉《あさひなわかば》という女の子のことは前から気にはなっていた。けど、デート当日の今になってもまだ、若葉のことを好きなのかと聞かれたら、即答は出来ないかもしれない。

もしかしたら、彼女は晴斗のそんな不純な気持ちを見抜いていたのだろうか。お付き合いをするようになっても、どこかぎこちなく、元気がなかったのは、もしや——

（……だ、だとしたらお詫《わ》びをしないと！　俺のことは二の次でいいから、朝比奈さんが心から楽しんでくれるような、さいっこうのデートにするんだ！）

でも。もしも、何か失敗したら。嫌われるような行動をしちゃったら。

そう考えただけで、胃の奥がきゅっとする。おかげで、自他ともに認める食いしん坊の自分が、今朝は朝ご飯を抜いてきてしまったくらいだ。

事情を知る（強引に聞き出された）妹は呆《あき》れた顔でこちらを見下し、何も知らない母は天変地異の前触れだとばかりに大騒ぎをしていた。

「くあー！　早く来てほしいような、そうでないような！　ああ、もう！　耐え切れねえ！　俺、どうにかなっちまいそうだよチクショウ！」

思わず天を仰いで絶叫する。休日出勤だろうサラリーマンたちがぎょっとした目でこちらを見るが、そんな事を気にしている余裕なんてない。

見上げた空は、日が陰り、晴れ晴れ、などという言葉とは無縁も無縁。まるで、今の晴《はる》斗《と》の心境をあらわしているようで、それが余計に心をざわつかせてしまう。


スマホを取り出し、今日のスケジュールを確認する。

まずは映画を見る。それが終わったら、どこか落ち着ける場所で映画の感想なんかをおしゃべりして。そうして、いい感じに話が弾んだら、ランチだ。映画館の入ってるショッピングモール内に、お洒落《しゃれ》なイタリアンのお店があることは調査済みだ。学生の晴斗達《たち》が入っても気後れしなさそうな場所であるし、昼食には最適だ。

若葉《わかば》が他のお店に行きたがる可能性も考えて予約はしていないが、早めにいけば待たずに食事を取ることが出来るだろう。

後は、お腹《なか》がふくれたことで少し気持ちが和らぐことを期待して、そのまま二人でモール内のお店を散策する、と。彼女の好みをそこで知ることが出来れば万々歳だ。

『いいですか、晴斗さん？　デートのプランを立てるのはよいことですが、あまり小刻みに細かく決めるのはお勧めいたしません。何故《なぜ》なら、時間通りに進めなきゃ、間に合わせなきゃ、という思いにとらわれすぎて、デートを楽しむというよりも、スケジュール通りにこなさなきゃいけない、という使命感のようなもので頭がいっぱいになってしまうからです』

唯《ゆい》のアドバイスが脳裏に木霊する。

大雑把《おおざっぱ》にこの時間はここで、この時間までには帰って、などという目標だけを定めて、後は流れでアドリブで、というのが王道らしい。

流石《さすが》は年上だけあって、とても参考になるアドバイスだ。

……そこまで的確に分析できているのに、なぜ実体験には生かせないのか、それが晴斗は不思議でしょうがない。というか、彼女自身もそう呟《つぶや》いていた。涙目で。

本当に不憫《ふびん》なメイドさんである。あの鈍感ロン毛め、爆《は》ぜて砕け散れ。

晴斗が悪友のニブさについて暗い怒りを燃やしていた——その時だった。

「あ……！」

ふと聞こえた声に、ハッと現実に立ち戻る。目の前に広がる駅前公園。その入り口に佇《たたず》む少女の姿が見えた。そう、晴斗の〝彼女〟朝比奈《あさひな》若葉である。

慌てて時計を見ると、いつのまにやら時刻は、待ち合わせの十五分前だ。

あれこれ確認しているうちに、時間が過ぎ去ってしまっていたらしい。

「あ、朝比奈《あさひな》さーん！　こっち、こっちです！」

ぶんぶんと手を振り、ここにいますよアピールをする。焦《あせ》りのせいか、声が裏返ってしまったように思う。

――しまった。もう少しスマートに知らせれば良かった……！

そう後悔しても、あとの祭り。おずおず、と彼女はこちらに近付いてきてくれたものの、その腰はどことなく、引けているように見えた。

出足からつまずいてしまったかと、晴斗《はると》の背に冷たいものが走る。

何かフォロー……！　フォローしないと……！

けれど、こちらが取り繕うより先に、彼女の方から、笑顔を見せてくれた。

「ごめんなさい、待たせてしまいましたか？」

「そ、そんな事ないですよ！　俺も、今来たところですから！」

そう、返事を返したところで、晴斗は息を呑《の》んだ。

不安とか緊張とか、そんな気持ちはぜんぶどこかへ吹っ飛んでしまった。

――とんでもない美少女が、目の前に立っていたのである。

（か、かかか、可愛《かわい》い……！）

襟元が僅かに開いた、クリーム色のブラウス。下は足首をギリギリ露出するようなロングスカート。落ち着いた淡い色合いが上下ともにマッチしていて、清楚《せいそ》な雰囲気をいつも以上に引き立てていた。

長い髪の毛をバレッタでまとめ、まつ毛を震わせながらそっと微笑《ほほえ》むその姿は、なんというか、すごい。言葉も出ないくらいヤバい。晴斗の心を真正面から撃ち抜いてしまう。

自分が理想と描く少女が、そのまま妄想の世界から抜け出たのでは、と思うほどに。

若葉《わかば》の私服姿は、とにかく強烈であった。後光が差しているようにさえ見える。晴斗の心臓が、恐ろしい勢いで早鐘を打つ。

――落ち着け、落ち着くんだ俺！

必死に自分に言い聞かせる。これ以上、ぶざまなところを彼女に見せられない！

ちらっと若葉の方を窺《うかが》うと、確かに笑っているように見えるが、口の端は引き攣《つ》っているし、なんだか元気がないような気がする。

彼女も緊張しているのだろうか？　そうだといいけれど、と晴斗は冷や汗を押し隠しながら、声を張り上げる。

「ええと……ま、まだ時間はありますけど、先に現地に行きましょうか！」

そうだ、こういう時、男の方がリードしなくてどうするんだ。

とにかく、彼女に最高のデートを楽しんでもらう！　オタトークは今日は封印、封印です！

決意を新たに、明るい男女交際に向けて、晴斗《はると》は勢いよく一歩を踏み出した。


開演を知らせるように照明が落ち、周囲がにわかに暗くなる。

場内はそれなりに観客が多いらしく、あちらこちらからくぐもったような息遣いが聞こえてきた。そう、晴斗のすぐ隣からも同様に。

（お、女の子と一緒に映画とか、映画とか……！　ああ、生きててよかったぁ……！）

そんな風に晴斗が感動してる間にも、予告や劇場内でのマナー映像を経て、本編が始まった。

しかし、何というか、内容が頭に入って来ない。晴斗の意識は目の前の映像にではなく、隣で座っている若葉《わかば》の方に釘付《くぎづ》けになっていた。

意外と映画好きなのか、かぶりつくようにして鑑賞する若葉の姿は、とても魅力的だった。スクリーンからの微《かす》かな光に照らされたその横顔は、映画館、という閉鎖的な場所であることも手伝ったのか、とても綺麗《きれい》で……可愛《かわい》らしくて……

（こんな美少女が、俺の彼女？　いやもう、信じられん！）

ほんのりと赤く染まった頬《ほお》の下、感嘆の声がその小さな唇から洩《も》れて来る。

劇場内が暗くてよかった、と心からそう思う。でなければ、不審人物認定間違いなしだ。何せ、映画そっちのけで女の子の横顔に夢中になっているのだから。客観的に見て、凄《すご》く気持ち悪いだろう。

――あの唇に、いつかキスとかできる日が来るんだろうか？

そう思うと、たまらなくじれったい気持ちになる。しかし、そこは恋愛経験ゼロ男の悲しさ。どういった流れでそこに持っていけばよいのか、皆目見当もつかない。ゲームでのシチュエーションを参考に、あれこれ想像してみるも、いまいちしっくりこないのだ。やはり現実は難易度ベリーハードだ。侮れない。

そんな妄想に身を委ねているうちに、物語はクライマックスに近付いたようだ。

若葉が、身を乗り出すようにスクリーンを見つめる。

その瞳が、かすかに潤んでいる。細くて小さな指が、きゅっと握りしめられているのを見ると、自制心という物が頭から吹っ飛びそうになった。

手ぐらい握ってもいいんじゃないか？　映画も盛り上がり所だし。恋人同士、何もおかしいことはないと思う。うん、うん！

（握る、握る、握るぞ……！　てて、手を握る……！）

手のひらが汗ばんでいるのがわかる。一応、ハンカチで念入りにふき取ると、晴斗は指先を宙に伸ばした。

なるべく、自然に、自然に——と自分に言い聞かせながら、ゆっくり、ゆっくりと若葉《わかば》のそれへと近づけてゆく。あと少し、もう数センチ。さあ、さあ——

——ふにっと。人肌の温《ぬく》もりが晴斗《はると》の手のひらに届く。

(やった！　ああ、温かくて柔らかい……！　これが、女の子の手——)

「きゃあっ!?」

悲鳴とともに、晴斗の手が打ち払われる。心の底から慄《おのの》いたような声。それは晴斗を拒む、恐怖の叫びだった。

「え……？」

そんな反応が返って来るとは思いもしなかった。驚いて若葉の方を振り向き——そして、晴斗の全身が硬直した。

薄明りの中に照らされた若葉の表情は、無残なものだった。

真っ青な顔をしてがくがくと震えながら……信じられないようなものを見たかのように、茫然《ぼうぜん》と目を開いている。

——晴斗は、自分が致命的な失敗を犯した事を悟った。

こんなはずじゃなかったのに。こんなはずじゃなかったのに！

映画館の出入り口。周りは家族連れやカップルでいっぱいだ。みな、仲良さそうに映画の感想を言いあいながら歩いている。

本当なら、自分達《たち》もああなるはずだったのに。

おそるおそる隣を見ると、怯《おび》えたように体を震わせている少女が一人。

最高のデートを楽しんでもらう予定だった晴斗の彼女は、どう見ても最低のデートの被害者に成り果てていた。

途中までは良かった。晴斗が入場券を買い、そのあいだに、ジュースを若葉が購入してくれた。なんと気が利く子なんだろうと嬉《うれ》しくて、はしゃいじゃって……

そう、それがいけなかった。つい気が大きくなってしまったのだ。

あの時の彼女の表情は、今でも目に焼き付いている。

その瞳に浮かんでいたのは、隠しようもない恐怖。明確な、拒絶の感情であった。

(あああ、俺はアホだ！　救いようのないクズだ！　デートを楽しんでもらおうと、あれだけ心に誓ったのに！　欲望のままに手をガン握りするとか、もう！)

謝っても謝り切れない。彼女は、今どき珍しいくらい純情で、おしとやかな女の子だ。男からいきなり肉体的接触をされるとか思ってもみなかったろうに！

何かフォローをしなきゃ、と思うのに。その度に映画館での彼女の表情を思い出してしまい、舌が回らない。

このままじゃ、デートが……せっかく若葉《わかば》がさそってくれた初デートが、さんざんな、最悪の思い出として心に残ってしまう。

どうし、たら――

『――晴斗《はると》、また落ち込んでるのかい？』

――あ。

『いいかい、誰だって上手《うま》くいかないときはあるさ。大事なのは、そのあとにどうするか……今、何をしなきゃいけないかを考えることだ。駄目だった事にこだわって、動けなくなってしまう方が、よっぽどダメだよ』

混乱していた頭に、父の言葉が染み込んでいく。

子供の頃の晴斗は、何をやっても失敗ばかりで、いつもめそめそと泣いていた。

そんな時、慰めてくれたのが父だった。息子の頭を優しく撫《な》でながら、そう言って慰めてくれた優しい父ちゃん。その声を聞いていると、不思議と元気が湧いてきたものだった。

……もう、父はこの世にいない。けれど、彼がくれた言葉と思いは、晴斗の心に刻み込まれている。今も、変わらずに。

そうだ、自分が落ち込んでいてどうするんだ。落ち込むより先に、やらなくてはいけないことがあるだろう。

彼女に謝り、デートをやり直す！　今、するべきなのは『それ』だ。

「朝比奈《あさひな》さん！　先ほどは、申し訳ありませんでした！　改めて、謝らせて下さい！」

がばっと頭を下げて、精一杯の言葉で彼女に詫《わ》びる。

「あ、い、いえ！　そんな、謝らなくても……」

優しい彼女は、おろおろしながら、こちらを気遣ってくれるけど、それに甘えちゃいけない。

「だから、朝比奈さんさえ良ければ、さっきの穴埋めをさせてくれませんか？　まだ、お昼には早いですし、少しお店を見て回るのはどうでしょう！」

そう言うと、若葉の肩から力が抜けたようにみえた。少しホッとしたように思えるのは、気のせいではないと信じたい。

「は、はい。私は大丈夫ですよ。その、入間《いるま》くんがそうしたいならば」

よっしゃ！　晴斗は若葉に見えないように拳を握りしめた。

挽回《ばんかい》できるとしたら、ここしかない。

今度こそ、彼女が楽しめるようなデートにするんだ！

もう一度チャンスをくれた若葉《わかば》に感謝しつつ、晴斗《はると》は気合を入れて周囲を見回した。

（ん？　あれは、ゲーム……ゲームコーナーか）

ふと、脳裏に閃《ひらめ》くものがあった。賑《にぎ》やかでうるさい場所なんて、彼女は嫌うかもしれない。けど、逆にそれが新鮮な体験になるんじゃないか、と。

自分の得意ジャンルでもあるし、思い付きにしては中々じゃないだろうか。

幼い子供や不良の溜《た》まり場であった昔と違い、最近では学生を中心に幅広い年齢層に対応できるような心配りがされている。昼食までの時間つぶしにも丁度良いと思ってのチョイスだ。

「あそこのゲームコーナーに行きましょうか」

そちらを指差すと、若葉はきょとんとした顔でうなずいた。あんな所を選ぶとは思ってもみなかった、という表情だ。

晴斗が歩き出すと、後ろからちょこちょこと付いて来る。何だか子犬みたいで可愛《かわい》らしい。うん、何だか、少し楽しくなってきた。

デートの作法には詳しくないけれど、やっぱり誰かと遊ぶなら、こうでなくちゃ。自分自身が楽しめなきゃ、相手も同じ気持ちにさせることなんて、できやしないのだ。

——結果から言うと、晴斗の試みは大成功に終わった。

若葉との『やり直し』に選んだゲームコーナー、これがもう、大当たりだった。最初は気後れしていた若葉も、クイズゲームに挑戦してからは一転、大はしゃぎであったのだ！

楽しそうに問題を解いてゆき、それをクリアしてからも色んなゲームに手を出してくれた。目をキラキラさせながら、すごい、楽しい、と笑う彼女を見て、晴斗は嬉《うれ》しくてたまらなかった。

出会ってから今日のデートに至るまで、若葉はどこか遠慮しているように晴斗には見えた。ひたすらに自分を押し殺し、愛想笑いを浮かべながら、いつも顔をうつむかせている。まるで、そうする事が正解なのだと、言い聞かせているみたいに——

その様子が、かつての自分のそれと重なるように思えた。

声を出して遊んで、笑う。それは、とても大切なことだと、晴斗は経験で知っている。少しくらいの鬱々とした気持ちは、友達と一緒に思い切りはしゃげば、どこかへ飛んでいってしまうものだ。

——ああ、そうか、と。そこで、晴斗は気付く。

（俺は、この子が楽しそうに笑う所を、見てみたかったんだな）

確かに、若葉《わかば》はとんでもない美少女だ。内気で大人しい性格が、儚《はかな》げな雰囲気と合わさり、男心を大いに刺激する。それは間違いない。

けど、晴斗《はると》はそれとは別の、胸の内に押し込められてもがく『朝比奈《あさひな》若葉』という少女を開放してやりたい、と。そう思うようになった。

『儚げな美少女』という偶像から外れた彼女は、どんな女の子なんだろうか。

その仮面を外すお手伝いをするには、ゲームコーナーという場所は、実はうってつけかもしれない。単なる思い付きだったのだけど、実は最良の答えだったのか。

そうとわかれば、もうこっちのものだ。晴斗は俄然《がぜん》、張り切り出した。

「こっちのゲームなんて最高っすよ！　この釣りゲーのクオリティは異常で……！」

もっと、もっと。彼女の笑顔を見てみたい。もっと、色んな表情を引き出したい。

そう願う自分に気が付き、晴斗は密《ひそ》かに驚いた。こんな経験は初めてだった。

かつて無残に散った『初恋』の時でさえ、ここまで執着することはなかったのに。

しかも、『初体験』はそれだけに留《とど》まらなかった。

「え……？　こ、これお弁当……ですか？」

「は、はい。よければと思って、その——め、迷惑、でしたか？」

ゲームに夢中になったおかげか、丁度良いくらいに時間が過ぎた。そろそろお昼でも、という頃。晴斗は、この日のためにチョイスした、美味《おい》しいイタリアンのお店に若葉を案内しようと考えていた。

けれど、彼女から差し出されたのは、可愛《かわい》らしい布に包まれた長方形の箱。お弁当である。そう、手作りのお弁当なのである！　彼女のお手製のお弁当であるのだ！

自分のために作ってくれたランチ。なんという魅惑的な言葉だろう。これは夢か幻か、晴斗は目の前の現実が信じられなかった。

近所の公民館に腰を落ち着け、二人向かい合ってお昼ご飯を食べる。

女の子と二人っきりの食事なんて、これまた初めてだ。しかも、味もとびきりウマいとくればもう、何と言えばいいのやら。

幸せを噛《か》みしめながら、晴斗は目の前のご馳走《ちそう》を次々と平らげていった。

「それにしても、ほんっとに、朝比奈さんの作ったお弁当は美味しいです！」

「あ、ありがとうございます」

若葉との会話も、今までよりもずっと自然に、リラックスして話せるようになった。

ゲームコーナーでのふれあいが良い方向に動いたのだろう。

「あ、妹さんもいるんですか？　じゃあ、朝比奈さんも含めて四人家族なんですか？」

「はい、そうです。みんな、とっても仲が良いんですよ」

やがて話題は、お互いの家族へと移っていく、
自分の両親や妹について、若葉は本当にうれしそうに、楽しそうに話してくれた。

家族のことが心から好きなのだろうと、そう思わせてくれる。

父親がプラモデルを箱積みして母親に雷を落とされた、などと生き生きと語るその姿は、学校での彼女とは、まるで別人のように見えた。

(もしかしたら、今のこーいうのが普段の性格、なのかもなあ)

その様子を見て確信する。この子は、誰かを傷付けて楽しむような女の子じゃない。

動作の一つ一つ、言葉の端々から感じる、人に対する気遣いと優しさ。

彼女に対する好感度がどんどん高まっていくのを感じる。

──実は、ちょっとだけ疑っていたのだ。この子が、自分に告白してくれたのは、罰ゲームとか、そういうお遊びかなにかじゃないかって。

中学時代に、そういった遊びという名目のイジメを受けたことを思い出す。

騙《だま》されて、晴斗《はると》の方から気を持たされて告白するよう仕向けられて……

瞬《しゅん》が止めるのも聞かず、そうして一大決心をし、夕日の差し込む教室、といういかにも少女漫画チックなシチュエーションで告白を実行して……『バーカ、鏡を見な』と笑い者にされた。

おまけに、その様子をスマホで撮られてグループ内に回され、晒《さら》し者になる始末。

あれは未《いま》だにトラウマだ。一週間学校に行けずに引きこもってしまった。

(瞬や有森《ありもり》さんたちが無理矢理《むりやり》引っ張り出してくれなきゃ、俺は今でもヒキオタやってた

かもなあ）

けど、これとそれとは別だ。晴斗は、少しでも若葉《わかば》を疑った自分を殴りつけてやりたい気持ちになった。外見の可愛《かわい》らしさだけじゃない、朝比奈《あさひな》若葉という少女は、その内面も綺麗《きれい》で素敵な子だっていうのに。

いかんいかん、と晴斗は自分の頬《ほお》を叩《たた》く。若葉に見られないよう、こっそりと。

何かあったわけじゃないのに、他人の好意をなんでもかんでも疑ってどうする。

『裏切られることに怯《おび》えるよりもね、誰かを裏切ることこそ怖いと、ぼくは思うよ』

そうだ、父もよく言っていたじゃないか。信じる事から始めなさい、と。

まだ、自分は目の前の女の子のことを何も知らない。

少しずつでもいいから、理解していきたいと思う。

女子の嫌われ者として名高い自分に告白してくれた、彼女の勇気に応えるためにも。

「本当に、送っていかなくても大丈夫ですか？」

まだ日も高く、通行人もまばらな午後の駅前。

予定よりも早くデートを切り上げた晴斗《はると》たちは、改札口の傍《そば》で押し問答を続けていた。

「え、ええ。もうなんともないですから。あの、私はここで」

そうは言っても、心配だ。晴斗の目には、若葉《わかば》の顔色は良さそうに見えなかった。

けど、これ以上しつこくしても彼女に迷惑だろう。

断腸の思いで彼女を見送る。せめて電車に乗り込むまで、と向かいのホームから手を振り続けた。ちょっと恥ずかしかったけど、それくらいはしたかった。

やがて、若葉を乗せた電車が発車し、その姿が完全に見えなくなると……晴斗は、力なく手を下ろした。

「はあ、朝比奈《あさひな》さん、大丈夫かな……？」

色々連れ回したせいで、疲れてしまったのかもしれない。

そう思い、今日一日の行動を、改めて振り返ってみる。うん、駄目だこれ。

控えめにいって合格点はもらえまい。ぶっちゃけて言うと赤点だ。

穴があったら入りたいとは、このことか。

和やかだった昼食。しかし、晴斗の失言がまた、雲行きを怪しくしてしまった。

(俺のどこを好きになってくれたんですか発言は、まだ早すぎたんじゃろか……)

太一《たいち》という幼児が声をかけてくれたお蔭《かげ》で、その場をなんとか取り繕う事は出来た。

話も弾み、若葉も調子を取り戻してくれた……ように晴斗は思う。

写真を一緒に撮りたいとまで言われ、どんなに嬉《うれ》しかった事か。

でも、それを見せてほしい、画像を送ってほしい、とねだっても、自分の写真写りが悪いから、と彼女が恥ずかしがってしまい、けっきょく見る事は出来なかった。

そこまではいい。けど、その後がまた、最悪だった。

体調を悪くした彼女を無理にプラモ屋に付き合わせて、デートだというのに晴斗の買い物を優先させてしまった。

そして、挙句の果てに……

「彼女への初めてのプレゼントが、数百円のバンプラとか、どうなんだよそれ！」

若葉はまたも気を遣ってくれたのか、晴斗に対して嫌な顔一つしなかった。

それがまた、晴斗の罪悪感をガンガンに刺激してゆく。

(でも……そんな失敗ばかりの俺を嫌うどころか、むしろフォローしてくれて、一緒にプラモ屋に入ってくれるとか……本当に優しいんだな、朝比奈さんって)

彼女の一挙一動作を思い出す。緊張もあったか、最初はぎこちなかったけれど、なんだか、その様子も可愛《かわい》らしくて。

おまけに、こっちの財布事情も考えてくれたのか、わざわざ手作りの弁当まで用意してくれた。その心遣いが、とても嬉しいと晴斗は思う。

(俺なんかにはもったいないくらい、良い子だよなあ)

彼女を大切にしなくては、と改めて心に誓う。

「とにかく、反省会をしなきゃ。くそ、美冬《みふゆ》の奴《やつ》が言った事がまさかその通りになるとは……」

今朝、出かけ際に『慰めパーティーの用意は万全ですから』と胸を張った妹の、すべてわかってますよ的な微笑《ほほえ》みを思い出す。くそう、兄の尊厳が地に落ちていく。

「瞬《しゅん》たちにも相談して、何が悪かったのか、これからどうすれば挽回《ばんかい》できるのかを考えなきゃ」

アナウンスと共に、プラットホームに電車が滑り込んで来る。

重たい足取りで車内に入ると、座席に寄り掛かるように座り込んだ。

(俺、この先うまくやれんのかなあ……自信ないなあ……)

それでも、自分を好きだと言ってくれた彼女の誠意には応えたい。

それに——

『あはは、やった！　やったぁ！』

ゲームコーナーでの、彼女の笑顔。クイズゲームを全問クリアしたときの、あの満面の笑みが忘れられない。あれが、いつか。自分に向けられる日が来るんだろうか。

電車に揺られながら、晴斗《はると》は移り変わる景色を、ただぼんやりと眺めるのだった。

……数日後。晴斗は若葉《わかば》を誘い、新しく開店したというケーキ屋へとやってきた。

場所も学校帰りに気軽に寄れる、駅前付近。値段も手ごろでかつ、店内でお召し上がりOK。しかも美味《おい》しいと評判とくればもう、いうことなしの良物件だ。

『今日は、朝比奈《あさひな》さんのお弁当をご馳走《ちそう》になったんだろう？　だったら、そのお返しにどこか美味しいお店に誘ったらどうかな。高級店とかじゃなく、サッと行けるスイーツのお店とかさ』

色々と不手際が目立った初デート。その『反省会』に付き合ってくれた瞬は、晴斗にそうアドバイスをしてくれた。

だったら良いお店が、と有能メイドの唯《ゆい》が紹介してくれたのがこのカフェだった。

みんなへのお礼と偵察がてら、実際にそのお店に立ち寄り、ケーキを幾つか購入してみたが、確かに美味しい。評判通りの味だった。

そこで、若葉を誘う名目としては、お弁当のお礼ということで。本音は初デートの失敗をカバーするために、彼女を連れてこの店へとやってきたのである。

さて、その結果はというと……

「このケーキ、美味《おい》しいですね」

若葉《わかば》は目を細めながら、ぱくぱくとケーキを口に運んでいる。どうやらお気に召したようだ。良かった、と晴斗《はると》の体から力が抜ける。

「そうでしょう、そうでしょう！　ここ、俺の友達が教えてくれたとっておきの場所なんすよ！」

「……そう、なんですか。ありがとうございます」

と、口ではお礼を言ってくれるものの、どうにも喜んでいる様子がない。

それどころか、何だか浮かない顔をしているようだった。

(この前のデートの疲れが残ってるのかな？　無理に誘って悪かったかな……)

優しい彼女のことだ。彼氏からのお誘いを邪険にするとは思えない。

もう少し、若葉の体調を気遣うべきだったか。そう、晴斗が悩んでいると……

「あの……この前はデートを途中で中断させちゃって、ごめんなさい」

「い、いやいやいや！　とんでもないっすよ！　こっちこそ、いろいろと迷惑をかけちゃったし！」

そうだ、むしろ悪いのはこちらだ。

「調子が悪いときくらい、誰にでもありますって！　だから、謝る必要なんてなんにもないんですよ」

「あ、その……謝る必要は、そのう……」

「ほへ？」

「い、いえ！　なんでもありません。それより、ですね。あの、えっと」

言《い》い辛《づら》そうに、若葉が口ごもる。一体、どうしたのだろうか。

「実は、その……この前のお詫《わ》び、というわけでもないんですが……もう一度、わた、私と……デート、してもらえませんか？」

「ええ!?　い、いいんですか!?　そ、それは望むところっスけど！　でも、そんな無理しなくても……」

やっぱり彼女は優しい。優しすぎる。晴斗が気に病んだとでも思ったのだろうか。

でも、こちらのちっぽけなプライドよりも、彼女の体の方が大事に決まってる。

「いえ、大丈夫ですから……おねがい、します……」

やっぱり、様子が変だ。晴斗には、彼女が無理をしているようにしか思えなかった。

けれど、気にする必要はないと言っても、若葉の事だ。よけいに気を遣わせてしまうかもしれない。

（よし、思い切ってデートをしよう！　そいで、この前の汚名返上、リベンジだ！）

「わかりました！　それじゃあ、前の時よりも、もっとも一っと楽しいデートにしましょうね！」

「……ありがとう、ございます」

そう言って、若葉《わかば》が頭を下げる。

この時の晴斗《はると》は何も気づかなかった。次のデートのことで頭がいっぱいになってしまい、若葉の顔色までうかがう余裕がなかったのだ。

だから、見逃してしまっていた。目の前でうつむく、少女の表情を。

……罪悪感にまみれた、その笑みを。


そうして、あっという間に日々は過ぎ。若葉との二回目となるデートの日がやってきた。

「うーむ、今日は空もすっきり晴れ渡ってるな。こいつは幸先《さいさき》良いぜ！」

むん、と晴斗は気合を入れる。

デートプランも前回の反省を踏まえて考え直して来たのだ。

とにかく、焦《あせ》らず行こうと自分に言い聞かせる。

「ようし、前みたいな失敗はしねえぞ！　朝比奈《あさひな》さんに、ぜったい嫌な思いはさせないように、頑張らねば！」

そして、もっと、もっと。彼女に笑ってもらうのだ。楽しそうに、幸せそうに。自分の隣で微笑《ほほえ》んでいてもらいたい。そう心に決め、歩き出す。

あまり先に着きすぎても、緊張が増すだけ。だから、今回は一時間の余裕をもって着くよう調整した。これでも、晴斗は学習しているのである。たった一時間の成長であるが。

（うん、前に比べれば気持ちも落ち着いてる。この前のカフェんとき以来、朝比奈さんとそれなりにお喋《しゃべ》りできるようになったから、かな）

けど、油断は禁物だ。とにかく、彼女のことを第一に考えて行動しよう。

「朝比奈さんが意外とゲーム好きってわかったからな。今日行くテーマパークはその手の施設も多いし、楽しんでもらえるといいな――って、うん？」

ふと、足を止める。どこからか、子供の泣き声が聞こえたように思ったのだ。

耳を澄ませ、そちらに意識を向ける。

どうやら、通りの向こう側からその声が響いてきたようだ。

とっさに、晴斗はそちらに足を向けた。

若葉との待ち合わせまで時間はある。様子を確かめるくらいしてもいいだろう。

「ああ、いたいた。泣いてんのはあの子かね？　やっぱり迷子――」

「とーちゃーん！　どこぉぉぉぉぉぉ!!」

あれ、あの子に見覚えがあるぞ。晴斗は首を傾《かし》げた。

そうだ、前のデートの時、公民館であった男の子だ。名前は確か……

「……太一《たいち》くん？　こんなところで泣いて、どうしたんだ？」

「あ、そのブタさん顔は……はるとにーちゃん？」

「イエス！　人類が生んだ奇跡の申し子、遺伝子の悲劇。晴斗《はると》くんですよ、っと」

「にーちゃん……とーちゃんが、とーちゃんがどっかいっちゃったぁぁ!!」

「まあまあ、落ち着いて。ほらハンカチハンカチ。ズビッとかみな」

ずるる、っと鼻水をすすり、男の子──太一《たいち》が晴斗にしがみついた。

なだめすかして話を聞きだした所、太一とその父親は新しく出来たテーマパークに遊びに行く途中、はぐれてしまったらしい。

「うんうん、よくわかった。ひとりぼっちで怖かったろ？　もう大丈夫だぞ。それじゃあ、お巡りさんのところに行こうか」

「おまわりさん？」

「ああ、もしかしたら、太一くんの父ちゃんもそこに来てるかもしれないぜ？」

「ほんと!?　じゃあ、いく！」

泣いたカラスがもう笑った。涙に濡《ぬ》れた目をきらきら輝かせ、太一が両手を振りあげる。素直ないい子だ。

なんだか、昔の自分を思い出す。晴斗も子供のころは良く迷子になっては父親を困らせたものだった。

こら、どこへいってたんだ。そう言って、自分を抱きしめてくれた温かい手のひらを、今でも覚えている。

胸に湧いた寂しさをごまかすように、晴斗は太一の頭を優しく撫《な》でてやった。

……かつて、父がそうしてくれたように。

「……ったく。肝心なときにいないんだよなあ。ケーサツって」

パトロール中、の看板が下げられたドアを見る。

けれど、愚痴っても仕方がないと晴斗もわかっていた。

今日はテーマパークで大きなイベントをやるとかで、人も多い。

そちらの対応に駆り出されているのだろう。お巡りさんも大変である。

けど、それはそれ。無人の交番を前にして、晴斗は眉を上げた。

「おまわりさん、いないの？」

「ん——まあ、そうみたいだなあ」

「じゃあ、おれはもう、いっしょうとーちゃんに会えないの？」

「あ、いや！　そんなことはないって」

どうするか。晴斗は悩んだ。

この子を放っておくことは出来ないし、けど、若葉《わかば》とのデートの約束もある。

確かに、まだ時間に余裕はあるけれど……

「……とーちゃん」

その声に、ハッと隣を見る。

いつのまにか、太一《たいち》がこちらを見上げていた。

晴斗《はると》が難しい顔をしていることに気付いたのだろうか。その目には涙が浮かんでいる。

「どこに、いるの……？」

「あ……」

「ひとりにしちゃ、いやだよ……」

――ごうごうと、風の音が聞こえる。

幼子のか細い声が反響し、嵐となって晴斗の胸を苛《さいな》んだ。

『父ちゃん、どこだよ……父ちゃん！』

『落ち着いて、晴斗くん。おじさんは、もう――』

『嘘《うそ》だ！　嘘だ、嘘だ！　なんでそんな事を言うんだよ！　いやだ、父ちゃん！　俺を一人にしちゃ、いやだあああ！』

耳に叩《たた》きつけられるような、悲痛な声。

うねり、風を巻いて轟《とどろ》く叫びは、誰のものだったろうか。

暗い闇の中で膝を抱え、涙を流す、かつての自分の姿が頭に浮かぶ。

——親と離れるのは、誰だってさびしいよな。

晴斗は大きく深呼吸をすると、太一の目線に自分の瞳を合わせる。

「一人になんて、しないよ。もう大丈夫だって言ったろ？　兄ちゃんが一緒に探してあげるからさ。だから、心配ご無用ってね！」

「ほんと？　ほんとうに、とーちゃん、見つかる？」

「もちろん！　この晴斗にまっかせなさーい！」

どん、と。ふくよかな腹を叩き、太一を安心させようとする。

——まだ、待ち合わせまで時間はたっぷりある。すぐに見つけて彼女と合流すれば、大丈夫なはず！

「さあ、行こうぜ！　どっちが先に父ちゃんを見つけられるか、勝負だ！」

「……うんっ！」

と、陽気に出発してはみたものの、少年の父親はなかなか見つからない。

あっちへ行き、こっちへ進み、をひたすら繰り返すが、成果はなし。疲れだけがたまってゆくばかりだ。

次第に、太一《たいち》の足取りも重くなる。晴斗《はると》もたびたび話し掛けては励ますものの、それだって限度がある。早く見つけなければ、この子がもたない。

「……ん？　あれ、あそこにいるのは、ひょっとして――」

「え、どこどこ⁉」

「ほら、あそこだよ！　道路の向こう側。あれ、太一くんの父ちゃんじゃないか？」

見覚えのある男性が、向かい側の店の前にいる。キョロキョロと辺りを見回し、何かを……誰かを探しているように見えた。

「ほんとうだ！　あれ、とーちゃんだ！」

――ああ、良かった。見つかった……

安堵《あんど》のあまり、晴斗も思わずほっと力を抜く。

それが、油断であった。

父を見つけた幼子がどういう行動に出るか、わからない筈《はず》がなかったのに。

「――ああっ⁉」

「わあい、とーちゃーん！」

繋《つな》いでいた晴斗の手を振りほどき、太一が駆け出した！

慌てて信号を見て――そこに灯《とも》る真っ赤な色に晴斗は青ざめた。

「太一くん、駄目だ！　まだ赤信号――」

「太一、来るな！　そこで待ってろ！」

走り寄ってくる我が子に気付いたのだろう。太一の父親が慌てて叫ぶ。

しかし、親の願いも空《むな》しく、その足は止まらない。

――誰かの悲鳴が聞こえる。

耳障《みみざわ》りなクラクションを鳴らしながら、大きな、大きなトラックが幼子に迫る。

茫然《ぼうぜん》と振り向く、太一。無理に体を捻《ひね》ったせいか、水溜《みずた》まりに足を滑らせ、転んでしまう。ぱちゃり、という音がやけに大きく聞こえた。

そうして、その小さな体を覆うように、影が落ちて――

『雨で、タイヤが滑ったみたいなんです。対向車は大きなトラックで。真正面からお父さんに――』

――瞬間、晴斗は道路に飛び込んでいた。

ぐん、と風を裂いて体が宙に浮き、勢いに乗じて両手を伸ばす。

自身に迫る危険や恐怖など、一切合切すべて。晴斗《はると》の頭から吹き飛んでいた。

ただ、ただ救いたいと。死なせはしないと。それだけを願いながら、必死にその手を前へと向ける。

――柔らかい感触が、手に触れた。

すぐさま胸元に引き寄せ、その体を強く抱きしめる。

同時にアスファルトを蹴り、側転。背を丸め、少年の手足が道路に触れぬよう、ゴロゴロと道路を転がっていく。

路肩にぶつかり、体が止まる。かひゅ、と。口から吐息が漏れた。

「はーっ、はーっ、はあ……っ！」

喘《あえ》ぐように息を吐く。そこで、ようやく。自分が今の今まで呼吸をしていなかったことに気付く。

全身に走る痛みを無視して、晴斗は体を起こした。

「大丈夫か、太一《たいち》くん!?　怪我《けが》は、どこか痛かったりはしないか!?」

「う、うん……」

「よかった、よかったぁ……！　どこにも傷はないみたいだ……」

ササッと太一の体をチェックする。小《ち》っちゃな手足には、すり傷一つ見当たらない。

「太一、大丈夫か！」

「あ、お父さん。安心してください。ほら、太一くんは何ともないみたいなんで」

血相を変えて駆け寄ってくる父親に、息子を引き渡す。

「でも、念のために病院に連れていったほうがいいっすよ。頭とか打ってたら大変ですし」

「いや、君はどうなんだ!? 物凄《ものすご》い勢いで転がってたろ！　もし、車に撥《は》ねられたりしてたら……」

「ああ、俺は平気っすよ。頑丈なんで。ほら、このとお、り……？」

さあっと。顔から血の気が引いていくのがわかる。太一たちの後ろ。ストリートの店先に表示された時計の針を。晴斗の目はしっかりと捉えていた。

――今が、何時何分なのかも、はっきりと。

「あああああ！　やば、やばい！　遅刻だ！　朝比奈《あさひな》さぁぁぁん！」

走る、走る、走る。

まずい、まずい、まずい！

待ち合わせ時間を余裕でぶっちぎっている。なんで気付かなかったんだと、晴斗は自分を責めた。責めぬいた。けれど、それで時間が戻るわけでもない。

（もうすぐ、もうすぐ着く。とにかく謝り倒して――ああ、その前に連絡、連絡だ）

遅れるというＬＩＮＥ一つ送っていない。若葉《わかば》は怒っているだろうか。

それはそうだ。天使みたいに優しい彼女でも、今度ばかりは許さないに違いない。

――クスクス、見ろよ。なんだ、あのデブ。

――やだ、汚い。なに、なんかの撮影？

周囲から、笑い声が聞こえてくる。しかし、今の晴斗《はると》には気にしている余裕がない。

とにかく、電話！　電話を！

走りながら、スマホを取り出そうとして……ずるり、と手が滑った。

しぶきを上げながら、携帯電話が地面に落ちる。拾おうとした所で、ぽつ、ぽつと。その周りに水滴がしたたり落ちてゆく。

そこで、ようやく。晴斗は、体がずぶぬれになっていることに気付いた。

「あれ、え？　なんで、え……」

更に、異変はそれに留《とど》まらない。視界の端に映ったズボンが破け、黒ずんでいる。

のろのろと顔をあげると、すぐ隣に停車している車。そのサイドミラーに『ぼろくずのような何か』が映り込んでいた。

頭からつま先まで、泥水にまみれた汚い男の姿。

それが誰であるか、一瞬わからなかった。呆《ほう》けた頭に少しずつ。現実が染み込んでいく。自身の惨状を。見るに堪えない、その姿を。

——もう。彼女とのデートが不可能になったという、その事実を。

(服を買う時間も、体を綺麗《きれい》にする暇もない。いや、それどころか。彼女がまだ待っているかどうか、さえも——)

——震える手で、スマホを拾う。

(今日は、朝比奈《あさひな》さんはどんな服を着て来たんだろう？　この前と同じかな。ああ、どんな格好でも、きっと綺麗なんだろうなあ。可愛《かわい》いんだろうなあ。ああ、本当に俺は……馬鹿だなあ)

不安と恐れを振り払うように、番号を呼び出し、コール。

少しの間もあかず、鈴の音のような声が聞こえて来る。

「す、すみませんっ！　本当にお待たせしちゃって、ごめんなさい！　急な用事が入っちゃって……今日はそっちに行けそうもなくなっちゃったんです！」

——本当に、本当に……ごめんなさい。

声に涙が滲《し》みそうになるのを、グッとこらえ。

晴斗は、ただひたすらに謝り続けた。

――翌朝。昨日に引き続き、お空は快晴。雲一つ見えない良い天気……だというのに。晴斗《はると》の心は曇りに曇り切っていた。

足が重い。ともすれば回れ右して家に帰りたくなるのを必死でこらえる。気分はまるで、死刑台に昇る囚人だ。いつも何気なく歩いている通学路が、死刑台への十三階段のように見える。

よっぽど自分はひどい顔をしていたのだろう。今朝は、あの美冬《みふゆ》でさえちょっかいをかけてこなかった。瞬《しゅん》も気を遣ってか、姿を見せない。こういうときは、一人にしておいた方がよいと、付き合いの長い幼馴染《おさななじみ》は熟知しているのだろう。

（昨日は、あいつらにも迷惑をかけちゃったしなあ……ほんっと俺ってここんところ、みんなに面倒かけてばかりじゃね？　情けねえなあ……）

苦笑する友人達《たち》の姿が頭に浮かび……そして最後に『彼女』の顔が瞬き、消える。

ああ、なんて言って謝ろう……。前のデートの挽回《ばんかい》をするどころか、そのスタート地点に立つ事すら出来ずにこれだ。若葉《わかば》にはいい加減愛想を尽かされてもおかしくない。あの笑顔を自分に向けてくれることなんてもう、一生ないんだろうか。

そう思っただけで、泣きそうになった。それでも何とか、重たい足を引きずるようにして、前へ、前へと歩く。

校門をくぐると、その陰にかくれるように立ち、若葉が来るのを待つ。

（もう、許してはくれないかもしれないけど。それでも、もう一度。）正面からきちんと謝らなきゃ……。

晴斗はわりと古風な少年である。なにかをやらかしたら、スマホを介したやり取りであれこれと言い訳するよりも先に、リアルで直接相手に詫《わ》びたいと思っている。

……若葉に対し、どんなメッセージを送れば良いかわからなかった、というのもあるけれど。

（……あ、来た！）

心臓が、どくんと大きな音を立てる。

眠たそうに目をこすりながら、若葉がこちらにむかって歩いて来るのが見えたのだ。

「あ、朝比奈《あさひな》さん！」

「は、はひ!?」

すっとんきょうな声を上げて、若葉がぴょん、と飛び跳ねた。

しまった、驚かせちゃったか!?

慌てて声をかけたせいか、少女は目を白黒させているようだ。

「あ、い、入間《いるま》くんでしたか。お、おはようございますぅ……」

柔らかそうな白いほっぺたが、見る見るうちに赤く染まってゆく。寝ぼけまなこを見られて、恥ずかしかったのかもしれない。またやらかしたか、と。晴斗《はると》は頭を抱えて悶《もだ》えそうになった。

「あの、昨日のことですが……」

若葉《わかば》が話題を振ってくれたのを見て、これ幸いと、晴斗は声を張り上げた。

「そ、それについて、ちょっと……朝比奈《あさひな》さんにお話があるんです！」

き、聞いてくれなかったらどうしよう？　おそるおそる、若葉の様子を窺《うかが》うと……

「はい、いいですよ。何でしょうか？」

あ、あれ？　すんなりと快諾してくれた!?

よ、よし！　このチャンスを逃しちゃダメだ！

「こ、ここじゃあなんなので、あっちで話しても良いですか？」

「は、はあ……？」

戸惑う若葉を連れて、晴斗は校舎裏へと向かう。

思った通り、人の姿はない。晴斗はホッと胸をなで下ろした。

ここなら誰も来ないだろうし、彼女も人に見られて恥ずかしいと思うこともない、はず。

謝るなら、今だ。晴斗は、思い切り息を吸い込むと……

「あ、朝比奈さん！　昨日は大変失礼しましたぁ！」

「ふ、ふぇ!?」

五体投地もかくや、というふうに土下座する。

「連絡もせず、あんな寒いところで一時間もお待たせしちゃって……ほんっとうにすみません！」

「い、いえ！　気にしてませんから！　か、顔を上げて下さい！」

驚き慌てる彼女に構わず、詫《わ》びて詫びて詫び倒す。

頬《ほお》の一つくらい張られても仕方がないと覚悟していた。

「あの、昨日のことなんですが……本当に用事があったのですか？」

「え!?　い、いえ、それは、その」

晴斗の予想通り、若葉は確かに怒っていた。それどころか、目を吊《つ》り上《あ》げ、もの凄《すご》い勢いでこちらを問い詰めて来るではないか！　正直言って、晴斗はビビった。怖すぎる。

──太一《たいち》のことを言ってしまおうか、と。そんな弱気が頭を掠《かす》める。

けれど、それは駄目だ。人助けをしていたからって、そんなことは遅刻の言い訳にはならない。連絡をしなかったのは晴斗の落ち度である。

その後、下手な断り文句でデートを中止したのも、全部自分が悪い。あの子を助けたせいでこうなった、などと口が裂けても言いたくなかった。

だから、晴斗は……

「う、うわわわわ！　す、すみません！　用事ってのは嘘《うそ》だったんです！」

……自分が出来る、せいいっぱいの嘘《うそ》をついた。

「じじ、実は寝坊しちゃって！　それを話すのが格好悪くて、嘘を吐《つ》いちゃったんです！」

「自分はぬくぬくベッドで寝転がってたのに、朝比奈《あさひな》さんは寒いお外に居る。それが、何て言うか申し訳なくて、それで――」

ああ、これで終わりだ……。

でも、もしかしたら。これで良かったのかもしれない。

若葉《わかば》みたいに優しくて可愛《かわい》い女の子なら、もっとよい彼氏が見付かるはずだから。

ズキリ、と。心が痛んだ気がするけれど、それは思い切って胸の奥へと押し込んだ。

けど、彼女は。朝比奈若葉という少女は。

「……体の具合が悪かった、とかじゃあないんですね？」

なぜか、とても優しい顔をして。

「どこか、怪我《けが》をしたりとかもないですね!?　これも嘘だったら、絶対に許しません！」

「はいぃぃぃ！　か、神に誓って！　俺は何処《どこ》に出しても恥ずかしくない、健康優良児です！」

「――それなら」

晴斗《はると》の予想を――

「この前、連れて行ってくれたケーキ屋さん。とっても美味《おい》しかったです」

「え？」

「ほら、初デートのお詫《わ》びだって言って、ケーキをご馳走《ちそう》してくれたじゃないですか。あそこ、今日の放課後にでも連れて行ってください。それで、全部チャラにしてあげますよ」

――はるかに、超えてきた。

「ええ⁉　そ、そんなんでいいんですか⁉」

彼女の顔に、先ほどまでの怒りは微塵《みじん》もない。今のやり取りのどこに、機嫌が直るきっかけがあったのか。まるでわけがわからない。

だというのに、混乱する晴斗に向けて、若葉は……

「――埋め合わせ、してくれるんでしょ？」

そう言って、ふわりと微笑《ほほえ》んだ。

「あ、え、あ……」

若葉が、笑ってくれた。自分に向かって、微笑んでくれた。

とてもうれしい。あんなにも切望した望みが、かなったんだ。

そうだ、自分は喜ぶべき、はず、なのに――

――なんだこれ、顔があつい。し、舌が、しびれたように、うご、うごかなくて……なにかいわなきゃ。へんじを、しなきゃ。

そう思うのに、まるで口だけが別の生き物になってしまったみたいだ。晴斗《はると》の意志に反して、もごもごと閉じては開き、また閉じる。

こちらの返答がないのを不思議に思ったのか、若葉《わかば》がちょん、と首をかしげた。

その様子が、あまりにも可愛《かわい》らしくて――

「あ……は、はい!! 喜んで!」

「ふふ……」

その大声に、くすり、と若葉が頰《ほお》を緩める。

それがまた、花が咲くような、とてもとても、綺麗《きれい》な笑顔で――。

もう、晴斗は何も考えられなかった。頭が真っ白になって、足元がふわふわと頼りなく揺れる。心臓だけが、ガンガンに音を出してがなり立てていた。

「あ、チャイム! いけない、もうホームルームが始まっちゃう! ごめんなさい、入間《いるま》くん。後でLINE送りますね」

「あ、う、うん」

「それじゃあ、また。放課後に……! ケーキ、楽しみにしてますからね♪」

そう言うと、若葉《わかば》は晴斗《はると》に背を向けた。

スカートの裾をはためかせながら、軽やかな足取りで校舎裏から去ってゆく。

初めてのデートの時、妖精の話を若葉にしたのを思い出す。メルヘンにもほどがあると妹には酷評されたが、アレは現実にも存在するのだな、と晴斗はぼやけた頭でそう思う。

朝の光を背に受けて、走り去ってゆくその姿は、おとぎ話に出て来る花の妖精そのものだったのだから。

(なんだろ、この気持ちは……)

胸の辺りが、かあっと熱くなり。心臓が、ドキドキと激しく脈を打つ。

こんな気持ちになったのは、生まれてはじめてだった。

彼女の微笑が、目に焼き付いて、消えてくれない。

あの笑顔を自分のものだけにしたいと、強く思ってしまう。

ずっと、ずっと。晴斗だけに微笑《ほほえ》み続けて欲しいと願ってしまう。

彼女と、もっと一緒にいたい。もっと話をしたい。

それは、渇望にも似た、内から湧き上がるような熱い想《おも》い。

——ああ、そうか。これが、そうなんだ。

晴斗は、たった今。今日、この時に。

――朝比奈《あさひな》若葉に、恋をしたのだった。

あとがき

こんにちは。間孝史《はざまたかし》です。本作、『朝比奈若葉《あさひなわかば》と○○な彼氏』第二巻をお手に取ってくださいまして、ありがとうございます！

この本が店頭に並ぶ頃はもう、クリスマスですね。九年前、このお話の大元となったスレの最終回を投下したのも、同じく十二月二十五日。クリスマスの夜でございました。不思議な偶然ですが、何だか感慨深いものがありますね。

二十五日といえば、この二巻と同時発売のビッグガンガン様にて、ヒゲ様作画によるコミカライズもスタートしています。小説では描ききれなかった若葉達《たち》の躍動感あふれるシーンの数々も、見所かと！　そちらもどうぞ、よろしくお願いいたしますね。

さて、この『朝比奈若葉と○○な彼氏』いかがでしたでしょうか？

今巻の前半部分は、若葉にとって、辛《つら》い展開が押し寄せてきます。強制されたこととはいえ、自分が吐《つ》いた嘘《うそ》の代償を支払わされ、今までの幸福が反転、不幸のドミノ倒し。負のピタ○ラスイッチが彼女を襲います。恐慌状態にまで追い込まれるシーンは書いてて私自身も辛く、苦しく……筆がノリにノリました。ええ、超捗《はかど》りました。

作者の性癖はさておき。この朝比奈若葉という主人公。ぶっちゃけ、とてもとても面倒くさい子です。心優しくはありますが、外見の儚《はかな》さとは逆に、その根っこは双子の妹と同じ。明るく無鉄砲。男を振り回すだけ振り回し、そのくせ嫉妬深い。向こう見ずの世間知らず。担当さんにも、「この子、同性には嫌われそうですね！」と苦笑されたのをよく覚えています。けど、だからこそ。若葉はこの物語の主人公なのです。

彼女だっていつまでも子供ではいません。本編では晴斗《はると》と出会い、その優しさに育まれることで前に進み、自分の行動を反省できる子です。晴斗だっていい所ばかりじゃなく、欠点も多いです。若葉のおかげで彼も成長できた部分も大きい。お互いがお互いを補い合いながら、割れ鍋に綴《と》じ蓋的に成長してゆく。それは、この本の後半部分。短編として収録された晴斗視点の物語を読んで貰えれば、なんとなくわかって頂けるのではないでしょうか。なんにせよ、最後まで彼らの物語を書き切れたこと。皆様にお届けすることができた、ということ。それは、とても幸せなことだと思います。

最後に謝辞を。ありとあらゆる面で執筆を補助して下さった、担当編集のN様、S様。いつもありがとうございます。この本が完成できたのはお二人のおかげです。

そして、美麗なイラストで若葉達を描いて下さった桃餅《ももちち》様。二巻のカバーイラストは特に素敵で……見た瞬間に思わずため息が漏れてしまいました。その他、執筆を支えてくれた家族と、この本に携わった全ての方々に、篤くお礼を申し上げます。

それでは、またどこかで。皆様のお目にかかれる時が来たら……嬉《うれ》しいですね。

MF文庫J

朝比奈若葉と○○な彼氏 2

2019年12月25日 初版発行

著者 間孝史

発行者 三坂泰二

発行 株式会社 KADOKAWA
〒102-8177 東京都千代田区富士見 2-13-3
0570-002-001(ナビダイヤル)

印刷 株式会社廣済堂

製本 株式会社廣済堂

Printed in Japan ISBN 978-4-04-064266-6 C0193